blue notes
40

Dreiecksgeschichten sind so alt wie die Welt: Ist nicht schon im Paradies, bei Adam und Eva, die Schlange im Spiel? Ein Dritter schafft die Spannung in der Liebe, schürt Eifersucht und Neugier, führt Entscheidungen herbei. Solches gilt auch noch für den Erfolg zeitgemäßer Telenovelas. Besonders modern, ja, eine ernstgemeinte Alternative zum bürgerlichen Paar, war die Liebe zu dritt vor allem in Künstlerkreisen der 1920er Jahre. Doch das Experiment zu dritt gelingt nur wenigen für eine begrenzte Zeit und zeigt vor allem eins, nämlich dass die Leidenschaft in der Liebe nie von ewiger Dauer ist. Das schönste Ergebnis der Dreiecksbeziehungen ist meistens in der Kunst der Liebenden zu finden – die ihre Liebe in Gemälden und Gedichten festhalten, wie etwa Anaïs Nin in ihren erotisch-freimütigen Tagebüchern oder Salvadór Dalí in seinen surrealen Bildern.

Unda Hörner studierte Germanistik und Romanistik und ist Autorin mehrerer Biografien und Erzählungen. Sie lebt in Berlin. In der edition ebersbach erschienen in der Reihe *blue notes* bereits: *Nancy Cunard. Enfant terrible der Pariser Bohème* (2002), *Auf nach Hiddensee. Die Bohème macht Urlaub* (2003), *Hoch oben in der guten Luft. Die literarische Bohème in Davos* (2005) sowie *Über den Dächern der Stadt. Balkongeschichten* (2006).

Max Ernst, Gala und Paul Éluard in Tirol, April 1922

Unda Hörner

Eine Liebe zu dritt

Sieben Porträts

edition ebersbach

Bildnachweis
S. 2: Musée de Saint-Denis. S. 17: Aus: Visages d'Éluard. Photographies, 1995. S. 31: The Tate Gallery Archives. S. 43: Aus: Caws, The Art of Dora Carrington, 1994. S. 45: Aus: Brik, Schreib Verse für mich, 1993. S. 59: Aus: Krell, Das alles gab es einmal, 1961. S. 73: © August Sander. S. 85: Aus: A Photographic Supplement of The Diaries of Anaïs Nin. Aus: The Diary of Anaïs Nin. Bd. 1. Privatfoto, aus: Anaïs Nin mit Selbstzeugnissen und Bilddokumenten, 1992. S. 99: Akademie der Künste, Berlin

Bibliografische Information der Deutschen Nationalbibliothek
Die Deutsche Nationalbibliothek verzeichnet diese Publikation in der Deutschen Nationalbibliografie; detaillierte bibliografische Daten sind im Internet über http://dnb.d-nb.de abrufbar.

1. Auflage 2009

Horstweg 34, 14059 Berlin
www.edition-ebersbach.de

Lektorat: Fabienne Fontaine, Berlin
Satz und Umschlaggestaltung: Birgit Cirksena, Berlin, unter Verwendung des Bildes *Das Frühstück im Grünen* von Edouard Manet
Druck und Bindung: Westermann Druck, Zwickau
ISBN 978-3-938740-85-9

Inhalt

Ein Fall für drei

Dreiecksbeziehungen der Avantgarde

In einem Interview bekennt, siebenundachtzigjährig, die französische Erfolgsautorin Benoîte Groult: »Man sollte seine Bedürfnisse keinem Pflichtgefühl opfern. Und ich schwöre Ihnen: Mit zwei Männern hat man alles!«[1]

In den seltensten Fällen ist es eine Frau, die man so reden hört. Meistens sind es die Männer, die betont nüchtern ein Dreieck formulieren und konstruieren, um in den Genuss doppelten Begehrens und auch doppelter Lust zu kommen. Die unglückliche, tragisch endende ›Ehe zu dritt‹ zwischen Prince Charles, Lady Diana und Camilla Parker Bowles war wohl eine der spektakulärsten Geschichten, die das Leben zu diesem Thema jüngst schrieb. »There were three of us in this marriage«, gestand die unglückliche Diana den Journalisten.

Dreiecksbeziehungen sind so alt wie die Welt, denn aller guten Dinge sind drei: Die gute Fee aus dem Märchen gewährt drei Wünsche, drei Mondphasen üben ihre Wirkung auf die Menschen aus, und die drei Weisen, die einmütig aus dem Morgenland nach Bethlehem wallfahrten, verkörpern die heilige Zahl. Die Dreizahl bietet eine Symmetrie mit Mitte, Bronze, Silber und Gold, eine Pyramide. Mit dem Begriff ›Dreiländereck‹

wirbt jede Region, die ein solches hat. Und innerhalb menschlicher Bezüge stellt das Dreieck – im Gegensatz zum Paar, dessen Pole sich nur durch eine Linie verbinden lassen – eine räumliche Dimension her. Darin kann man verschwinden, es lässt sich mit Vorstellungen füllen, und wer einmal anfängt, nach Dreiecken zu suchen, findet sie rasch überall. Das Dreieck birgt – wie etwa das Bermuda-Dreieck – allerdings auch den Reiz der Gefahr: Dreiecksgeschichten sind nämlich zumeist Dramen mit Steigerung und Höhepunkt, Geschichten, deren Akteure an Grenzen geführt werden, weil sie lieben, glücklich sind für eine Weile, eifersüchtig, enttäuscht – Lebensgeschichten, die bestens geeignet sind, erzählt zu werden. Mischte sich nicht schon im Buch der Bücher, im Garten Eden, die Stimme eines Dritten ein – die der Schlange, als Sinnbild für Versuchung und Verführung? Das biblische Prinzip hat Jahrtausende überlebt, bis hinein in zeitgenössische Telenovelas: Fast immer wird der Zuschauer durch eine Dreiecksbeziehung in Atem gehalten – und durch die Frage, wer zu guter letzt als Paar aus der Geschichte hervorgeht, wer sich für wen entscheidet.

Doch gab es auch Zeiten, in denen es nicht um derlei Entscheidungen für oder gegen einen Dritten gehen sollte, in denen nicht das Liebespaar, sondern das Liebestrio als non plus ultra der modernen Beziehung angesehen wurde. In den aufgeklärten Avantgardekreisen des frühen 20. Jahrhunderts galt die ›Ehe zu dritt‹ als glückverheißende Alternative zur bürgerlichen Ehe. Nach dem Ende des Ersten Weltkriegs, den etliche junge Künstler wie etwa der französische Dichter Paul Éluard zwar körperlich unversehrt, doch mit geschundener Seele überstanden hatten, war an ein Weitermachen wie bisher nicht zu denken. Nationalstaatliche Ideen, die zu einem solchen Völkermord wie in der Schlacht von Verdun geführt hatten, mussten schleunigst außer Kraft gesetzt werden. Ebenso wie die politischen Instanzen wurde in einem Rundumschlag die als verlogen gebrandmarkte bürgerliche Moral negiert so wie all die Lügen, die eine heile Welt vorspielten. Das herkömmliche Paar wurde somit zur Zielscheibe der Kritik und des Spotts der Avantgarde. Die willkommene Denkfigur des Liebesdreiecks hob die Polarität der Geschlechter und der ihnen zugewiesenen Rollen aus den Angeln. Nicht länger sollte gelten, dass eine dritte Person die Idylle des Paares aus Mann und Frau stört. Erst ein Dritter oder eine Dritte im Bunde – nicht jedoch ein Kind – stiftet die Harmonie, die das bürgerliche Ehepaar nicht mehr verheißt.

In den 1920er Jahren gilt es als äußerst chic, mit multiplen Beziehungen zumindest zu kokettieren. Hermann von Wedderkop, Herausgeber des Magazins *Der Querschnitt*, veröffentlicht 1927 einen Roman, *Adieu Berlin*, in dem er die zu jener Zeit in Künstlerkreisen so freudig begrüßte Auflösung der Monogamie augenzwinkernd in der Figur ›Simla‹ in Szene setzt: »Das ist also der bekannte Simla, und ich muss Sie gleich über die Damen aufklären: die eine ist seine Frau, links von ihm, etwas still und abgeklärt, rechts von ihm, die Gutaussehende, ist seine Geliebte, und die kleine Junge ist der Ersatz der anderen, sozusagen ihre eventuelle Nachfolgerin. Er reist immer mit mehreren.«[2]

Aber nicht nur mit schriftstellerischer Ironie, auch mit wissenschaftlich vorgetragenem Ernst wird über *Ehen zu dritt* nachgedacht. Die gleichnamige umfangreiche Publikation des Franzosen Georges-Anquetil erscheint 1928 in deutscher Sprache und erreicht zwei Jahre später schon eine Auflage von über 10.000 Exemplaren. In Frankreich sollen zu diesem Zeitpunkt bereits eine Million Exemplare verkauft worden sein. Das so großes Interesse weckende *Recht auf die Geliebte* – so der Untertitel des Buches – wird damit begründet, dass die Folgen des Ersten Weltkriegs noch immer spürbar seien und schon der Frauenüberschuss die Polygamie des Mannes rechtfertige. Die populäre französische Autorin Colette reagiert mit einem süffisanten Kommentar auf dieses Buch: »Bringen Sie einmal einen polygamen Haushalt in einer kleinen Dreizimmerwohnung, in der schon eine Frau beinah zu viel ist, unter! Wenn Sie Wohnungen schaffen können, in denen mehrere Frauen Platz finden und in denen sie räumlich getrennt leben können, dann kann man wohl über Ihren Vorschlag diskutieren.«[3] Klar – die Frauen durchschauen schnell, worum es bei dem von Männern wie durch ein neues Gesetz formulierten Dreierlei geht: Auch der Mitteleuropäer möchte einen Harem um sich scharen. Die Frauen indes, die ein Dreieck stiften, denn auch das kommt vor, tun dies in aller Regel nicht mit Anspruch auf Allgemeingültigkeit; sie handeln vor allem nach dem Gefühl, nach einem inneren Verhaltensmuster. Wer ein Dreieck stiftet, sucht nach dem Neuen, nach der Bewegung des *perpetuum mobile* und fürchtet die Erstarrung in einer Liebe zu zweit. Dreiecksstifter ist – so oder so – immer eine einzige Person im ganzen

Gefüge; und immer gibt es einen unter den Mitspielern, der leidet, zurückstecken muss. Dies ist entweder das Ehegespons oder jene(r) Dritte im Bunde, der oder die aus Gründen der öffentlichen Imagepflege des Paares ein Schattendasein führen muss.

Richten wir die Aufmerksamkeit auf Dichter und Denker, Maler und Schauspieler, die nicht nur in der Kunst, sondern auch im Leben selbst versuchten, eine ganz neue Alltagskultur zu skizzieren.

Eine generalstabsmäßige, in zahlreichen theoretischen Schriften und dem dicken, weitgehend autobiografischen Roman *Hyle* beschriebene Auflösung der gewöhnlichen Ehe betreibt der Berliner Dadaist Raoul Hausmann. Die Abschaffung der Monogamie und ihres Besitzanspruchs ist für ihn gar Voraussetzung einer neuen, besseren Gesellschaft. Seine erste Ehefrau Elfriede Schaeffer und die ›Nebenfrau‹, die Malerin Hannah Höch, ließ er mit gebrochenen Herzen zurück. Erst mit seiner zweiten Ehefrau Hedwig Mankiewicz und der russischen Geliebten Vera Broïdo kann er das Experiment Dreieck eine Weile durchziehen.

Ebenso mit hehren gesellschaftsverändernden Zielen geht man in der jungen Sowjetunion an alternative Beziehungsgefüge heran. Wladimir Majakowskij, russischer Revolutionspoet an vorderster Front des neuen Staates, lebt Seit an Seit mit dem Ehepaar Ossip und Lilja Brik – mit beiden teilt er den Tisch, mit Lilja zuweilen das Bett. Die drei Fortschrittsgläubigen eint der Gedanke an das Gelingen des Kommunismus; Eifersucht steht dabei nicht auf dem Programm. Doch was passiert, wenn der Dritte von der Ehefrau plötzlich fordert: Heirate mich! – weil das Gefühl andere Forderungen stellt als die Ratio des Zoon Politikon?

Auch in den Kreisen der Pariser Dadaisten und Surrealisten ist die Liebe zu dritt zunächst ein Politikum. Schon aus jugendlichem Trotz gegenüber der Vätergeneration spielt man *ménage à trois* und Libertinage, als gäbe es plötzlich kein Bedürfnis nach Zweisamkeit mehr. Paul Éluard fordert seine junge Frau Gala offen zum Beischlaf mit anderen Männern auf. Was am Ende dabei herauskommt, ist längst Geschichte: Als Gala Dalí bleibt die junge Russin, schließlich des von Éluard gepriesenen Bäumchen-wechsle-dich-Spiels müde, bei Salvadór Dalí in Spanien und lässt den Anstifter des Dreiecks, ihren nunmehr geschiedenen Gatten Paul Éluard, allein mit seinen Phantasien in Paris zurück.

Die Geschwister Klaus und Erika Mann proben noch als Jugendliche gemeinsam mit Pamela Wedekind, der Tochter des Dramatikers Frank Wedekind, die ›Ehe zu dritt‹, getreu dem neuesten aus Amerika importierten Beziehungsmodell, der sogenannten ›Kameradschaftsehe‹. Dieses Modell kommt Klaus Mann, der sich seine Homosexualität noch nicht recht eingestehen und niemals von der geradezu inzestuösen Bindung an seine Schwester lassen will, mehr als gelegen.

Soweit die Dreiecksmode der Avantgarde als Programm – von den Männern angesagt. Bei vielen ihrer Protagonisten ist sie auch Psychologie – und meistens bei den Frauen. Vor allem bei Anaïs Nin, deren berühmte Tagebücher den Voyeur in Sachen Dreieck befriedigen: Ihre Beziehung zu dem amerikanischen Schriftsteller Henry Miller und dessen Frau June erscheint darin als eine Art Geisteraustreibung, die die Tagebuchschreiberin von einem sadistischen Vater befreien soll. Doch ohne die professionelle Hilfe einer damals noch neuartigen Wissenschaft, der Psychoanalyse, wird ihr dies nicht gelingen.

Paradoxerweise ist das bunte Beziehungspuzzle häufig Tummelplatz der Sex-Vermeider. Die britische Malerin Dora Carrington stellt fast wie von selbst immer wieder eine muntere Truppe zusammen, innerhalb der die als Bedrohung empfundene intime Zweisamkeit abgewendet ist. Die masochistische Liebe zu einem schwulen Mann – Carrington verzehrt sich nach dem väterlichen Gelehrten Lytton Strachey – schützt sie auch vor der gefürchteten Körperlichkeit in der Liebe, sogar vor der mit dem eigenen Ehemann, Ralph Partridge, der wie Strachey dem Londoner Bloomsbury-Kreis angehört.

Als ein Perpetuum aus übereinander gelagerten Dreiecken, das man sich bildlich wie ein Mobile vorstellen mag, erscheinen die Beziehungsgefüge, die Bertolt Brecht zeit seines Lebens veranstaltet. Wohl hat er die Wiener Schauspielerin Helene Weigel geheiratet, doch gibt es in dieser Ehe stets eine ›Nebenfrau‹, meistens eine seiner Sekretärinnen: Margarete Steffin, Elisabeth Hauptmann und Ruth Berlau. Und welcher von ihnen auch gerade seine Vorliebe gehört, Brecht schart gern alle Frauen um sich – und wirkt dabei gar nicht wie ein Schwerenöter, sondern wie ein unschuldiges Kind, das sagt: Habt mich alle lieb!

Drei Personen, zwei Geschlechter: Zunächst bestehen zwei Kombinationsmöglichkeiten: Zwei Frauen, ein Mann – zwei Männer, eine Frau. Wo ein Mann von zwei

Frauen umrahmt wird, schreibt sich die alte Geschichte von männlichem Allmachtsgebaren und weiblicher Konkurrenz fort; wo zwei Männer im Spiel sind, knistert bisweilen auch die Homoerotik. Innige Freundschaften zwischen Homosexuellen und Frauen sind darüber hinaus Ausdruck des Umbruchs; in Freundschaften mit schwulen Männern gelingt es Frauen ›zu sein, wer sie sind‹, wie vor allem Dora Carrington es empfand. Doch der Preis, den die Frauen für diese Authentizität zu zahlen haben, ist hoch. Männer brechen auf dem Weg über die Sexualität aus alten Hierarchien aus, Frauen auf dem Weg über die Anerkennung ihrer Qualifikation – und das scheint sie als Geschlechtswesen immer wieder von Männern zu entfernen.

So unterschiedlich die Bedingungen der Dreiecksverhältnisse und ihre Mitspieler auch sein mögen, eines haben sie alle gemein: Sie sind sämtlich nicht von Dauer. Zwar garantieren bürgerliche Treuegelübde und Ehegelöbnisse vor dem Traualtar keine ewige Liebe, doch weder avancierte politische noch künstlerische Ideale können sie gültig ersetzen. Gegenseitiger Respekt und Umgang miteinander obliegen der moralischen Verantwortung des Einzelnen und einer ›Erziehung des Herzens‹ frei nach Stendhal. Kein Gesetz vermag die Launen des Eros zu regeln. Eifersucht und Besitzanspruch auf die große Liebe sind nur schwer durch markige Manifeste zu bändigen. Das Glück scheitert so immer wieder an den Charakteren selbst, die die angestammten Beziehungsformen anzweifeln. Es sind Rastlose, die wieder aufbrechen, wenn das sehnlichst Herbeigewünschte greifbar oder erlangt zu sein scheint. Am Ende gehen jene Glücksucher am gelassensten aus ihren Liebesgeschichten hervor, die ganz allein für sich – und ohne Anspruch auf einen gesellschaftlichen Entwurf – erkennen und hinnehmen, dass es keine beständige Harmonie für sie gibt, es darum geht, der Liebe nachzugehen, auch dann noch, wenn sie längst gefunden zu sein scheint. Am Ende sind die am glücklichsten, die erkennen, dass sie ein melancholisches Verhältnis zur Liebe und zum Leben haben, vielleicht, weil sie wissen, dass der Zweite immer schon ein Dritter ist, der im Kopf, in Träumen, als Projektion vorhanden ist.

Und sind es nicht die individuellen Gefühle, durch die eine Dreiecksverbindung sich löst, so sorgen die Zeitläufte dafür: In Stalins Sowjetunion werden fortschrittlich lebende Künstler schon bald nach der Revolution als unliebsame Querdenker verfolgt und haben andere Nöte als die einer konventionellen Ehe. Das Jahr 1933 wiederum bedeutet Flucht aus Deutschland, 1939 bricht der Zweite Weltkrieg aus, der Naziterror schwappt über die Grenzen und drängt etliche Künstler ins Exil, teilweise bis nach Übersee. Was, wenn man sich auf den vielen Ab- und Irrwegen aus den Augen verliert? Was, wenn der Partner in Gefangenschaft gerät? Einzig die gesetzliche Ehefrau ist in dem Fall berechtigt, ihn zu besuchen. Und wenn der Partner umkommt? Immerhin bleibt der Ehefrau dann eine Witwenrente … Die einst so verhasste bürgerliche Ehe, sie gehen sie nun doch ein, in Kriegs- und Krisenzeiten, jene Unzähligen aus Künstlerkreisen, die zunäcchst noch darauf pfiffen. Doch das Glück, das eine Beziehung zu dritt verheißt, die erotische Abwechslung, wird immer wieder beschworen, in der Literatur und im richtigen Leben. Gerade der ›Fall‹ Brecht zeigt, dass der Dreiecksstifter auch immer ein Wiederholungstäter ist. Ob Raoul Hausmann, Paul Éluard, Anaïs Nin oder Wladimir Majakowskij – stets schaffen sie wieder dasselbe biografisch-psychologische Muster, eine Geometrie mit drei Koordinaten.

Doch geht es bei solchen Reigen bei weitem nicht nur um die Libertinage einzelner Künstler und um demonstrative Tabubrüche, worin die Bohème sich seit je so schön verwerflich zeigt. Manifeste und Kunstwerke unter dem Motto Dreiecksbeziehung entstehen, die das schwebende Glück überdauern. Das Dreieck, das im realen Leben auf Dauer gesehen eine Abstraktion bleibt, weil es kein Patentrezept für die Liebe gibt, wird in der künstlerischen Form und den symbolischen Vorstellungen an seinen eigentlichen Ort zurückgeführt, dorthin, wo es wieder Symbol ist, fassbare Kunst – ob auf Carringtons Leinwand, in Raoul Hausmanns autobiografischem Roman *Hyle* oder in Klaus Manns frühen Theaterstücken, ob in den Tagebüchern der Anaïs Nin oder den Liebesgedichten von Wladimir Majakowski, Paul Éluard oder Bertolt Brecht.

Die allzu oft verkaufte Braut

Gala und Paul Éluard –
Max Ernst – Salvadór Dalí

Abb.: Gala und Paul Éluard mit Salvadór Dalí

Sie sind sich in dünner Luft begegnet: Helena Dimitrijewna Djakonowa aus Kasan an der Wolga und Eugène Émile Paul Grindel aus Paris, Teenager alle beide, krank an den Lungen und – am Leben, von dem sie so viel erwarten. Im Jahre 1913 treffen sie aufeinander, in einem Lungensanatorium im schweizerischen Clavadel, in einem Seitental von Davos. Die siebzehnjährige Gala fürchtet eine triste Zukunft als Ehefrau in der Provinz, wie der Dramatiker Tschechow sie in *Die drei Schwestern* vorgezeichnet hat; der neunzehnjährige Paul soll in das Geschäft seines Vaters, ein Immobilienmakler, eintreten – doch alles, was ihn wirklich interessiert, ist Poesie. Als er Gala auf den langen Fluren des Lungensanatoriums entdeckt, meint er, seine Muse gefunden zu haben. Eine zarte Romanze beginnt – mit Gedichten, die sie sich gegenseitig schreiben. Als die Kur beendet ist, müssen sie sich jedoch trennen. Inzwischen ist der Erste Weltkrieg ausgebrochen und der genesene Paul hat einen Einberufungsbefehl. Doch die beiden haben sich bereits ewige Liebe geschworen und so folgt Gala dem Geliebten nur wenig später in die Stadt der Lichter: Paris.

Gala und Paul heiraten am 21. Februar 1917 in der Mairie des 18. Arrondissements, am Montmartre. Paul trägt einen Militärmantel, Gala ein extravagantes, da grünes Brautkleid, in dem sie einiges Aufsehen erregt. Man ahnt bereits, welches *enfant terrible* sich noch darin versteckt.

Ihre Ehe verknüpft Gala mit exklusiven und exotischen Glücksvorstellungen, die das westliche Ausland und die Metropole Paris ihr seit je versprechen. Doch unversehens findet sie sich unter der Kontrolle einer konservativ-bourgeoisen französischen Familie wieder, in der ihr ursprünglicher Plan, sich mit dem Entwerfen von Mode zu befassen, von der autoritären Schwiegermutter torpediert wird. Als die Tochter Cécile am 11. Mai 1918 zur Welt kommt, ist Gala unglücklicher als zuvor – und so lebt das Töchterchen die meiste Zeit bei den französischen Großeltern. Gala ist selbst noch viel zu sehr Kind, um die Mutterrolle ausfüllen zu können.

Als sei Galas Desillusionierung noch nicht groß genug, fällt auch die ersehnte Rückkehr des Ehemanns aus dem Krieg eher enttäuschend aus. Gleich im März 1919 stößt Éluard zum Kreis um André Breton, der den Pariser Dadaismus inszeniert. »Er wurde ohne Umschweife aufgenommen und stürzte sich Hals über Kopf in dieses Abenteuer.«[1] Éluard darf sich endlich als Poet outen: Er veröffentlicht Gedichte in der frisch aus der Taufe gehobenen Zeitschrift *Litérature* und gibt 1920 im Rahmen seiner Dada-Aktivitäten sogar eine eigene Postille, *Proverbe,* heraus. Das Paar lebt in einer eigenen Wohnung in St.-Brice bei Paris, doch die eheliche Zweisamkeit zwischen Gala und Paul will sich nicht einstellen: Von Breton und den anderen Brüdern im Geiste in Anspruch genommen, teilt Éluard seine Liebe zwischen Gala und den Freunden auf. Sie scheint verstanden zu haben, dass sie nur aus dem Schattendasein als Ehefrau heraustreten kann, wenn auch sie sich kopfüber ins Geschehen stürzt. So übernimmt sie etwa im März 1920 eine kleine Rolle bei der Premiere eines Bühnenstücks aus der Feder André Bretons und Philippe Soupaults, *S'il vous plaît.* Galas Präsenz prägt bald Éluards Image in der Gruppe; er trägt ein Aktphoto von ihr in seinem Portefeuille und zeigt es stolz herum. Auch erwähnt er gern – alles Russische ist *en vogue* –, wie aufregend und anstrengend es sei, mit einer Russin verheiratet zu sein. Galas scharfer observierender Blick und eine gewisse Überheblichkeit führen dazu, dass sie nicht sehr beliebt ist bei den jungen Männern aus der Dada-Truppe. »Diese magere Slawin mit den weißglühenden Augen schien besessen zu sein; sie hatte etwas von einer Hexe, einer jungen, charmanten Hexe, die ihren Zauber verbreitete und drohte, Zwietracht in der Gruppe zu säen.«[2]

Den Protagonisten der Avantgarde ist allen gemein, dass sie Kunst und Leben ineinander aufgehen sehen wollen. Die Libertinage, die sich in der Kunst als Bruch mit den alten Regeln manifestiert, muss auch auf die alltäglichen Vorgänge ausgedehnt werden. Weg mit der Ehe, in der kein Dritter Platz hat!

In der Pariser Buchhandlung ›Sans Pareil‹ findet 1920 eine Vernissage statt: Zu sehen sind Bilder eines Malers aus dem Rheinland, ein gewisser Max Ernst. Éluard ist sprachlos vor Begeisterung. Auf der Stelle will er den Maler kennenlernen, doch der ist gar nicht anwesend. Als deutscher Staatsbürger aus dem besetzten Rheinland darf er nicht nach Frankreich einreisen. Also machen die Éluards sich auf den Weg nach Köln, zu Max Ernst und seiner Frau Louise Straus, man schreibt den 4. November 1921. Über die Arbeiten verständigt man sich sogleich; Éluard gehört zu den ersten Käufern von Ernsts Gemälden – und Ernst ahnt wohl, dass er selber in die Kunstmetropole Paris kommen muss, wenn er als Maler groß herauskommen will. Aber das ist gar nicht so einfach: Für den Gegenbesuch des Idols in Paris setzt Éluard viel aufs Spiel – Ernst passiert die Grenze 1922 mit seinem Pass.

In Paris kommt es zur Zusammenarbeit beider Männer: *Wiederholungen* und *Die Unglücksfälle der Unsterblichen* vereinen Éluards Texte und Ernsts Collagen. Und Paris besiegelt die privaten Geschicke. Louise Straus fährt allein zurück nach Köln, Ernst quartiert sich in der neubezogenen Villa der Éluards in Eaubonne, in der nordwestlichen Banlieue von Paris ein. Die leeren Wände bedeckt er mit Wandfriesen, die sich thematisch an Zeilen Éluards orientieren. Der hält sich oft bei seinen Geistesbrüdern in der Stadt auf – Gelegenheiten, bei denen der Maler von der Leiter herabsteigt und den Pinsel aus der Hand legt – in dem leeren Haus kommen sich Gala und Max langsam näher. Éluard selbst hat mit dieser Situation kokettiert. Er ist, was die geteilte Liebe mit Freunden angeht, von einer fixen Idee getrieben; als er merkt, dass es zwischen Freund und Ehefrau tatsächlich knistert, stachelt er seine Frau zu einem Verhältnis mit Ernst an, denn er will den besten Freund an seiner großen Liebe teilhaben lassen, wünscht sich gar, dass Gala und Max in seiner Gegenwart miteinander schlafen.

Die schmeichelhafte polygame Verehrung tritt für Gala eine Weile an die Stelle der anfangs ersehnten Intimität mit Éluard. Als aufsehenerregende Protagonistin des Dreiecks übertrifft sie nicht nur die sexuellen Träume der bürgerlich erzogenen Männer, sondern auch den Entwurf der Künstler, die von der Liebe als

Utopie und von der Frau als Medium sprechen. Wie überfordert Éluard von seinen eigenen Ansprüchen ist, das verraten die Befragungen während der Hypnosesitzungen, die seit kurzem – Breton ist begeistert von den neuartigen Erkenntnissen Sigmund Freuds – von der Künstlergruppe veranstaltet werden. Als »Gala angestrengt versuchte, A. [Breton] weiszumachen, dass er mit ihr hätte schlafen wollen, wenn er sie unter anderen Umständen getroffen hätte, worauf er nur mit Ausflüchten antwortete, und als sie auch ihren Mann fragte, ob er es wagen würde, mit einer anderen Frau zu schlafen, stürzte sie ihn in Verwirrung, trotz seines mutigen Ja.«[3] Je selbstbewusster Gala ihre eigenen Interessen verfolgt, umso mehr erregt sie Anstoß – als erotische Gewalt. Immer besser entspricht sie dabei dem Bild der von den Surrealisten zelebrierten, überformten Frau: Gala als der weibliche, ungezügelte Dämon, von den Männern wohlweislich in die Kunst verbannt und dort gebändigt. Alle Augen ruhen auf Gala – aber keiner nimmt wirklich Rücksicht auf ihre eigenen Bedürfnisse in der Liebe.

Im Winter 1922 reist das Dreiecksgespann nach Tarrenz in Tirol. Max, Paul und Gala erregen bald Anstoß inmitten der Gruppe aus befreundeten Künstlern, mit der sie unterwegs sind, denn das Trio macht ein solches Brimborium, dass die anderen um ihren Urlaubsfrieden fürchten. Tristan Tzara beschwert sich: »Selbstverständlich scheren wir uns einen Dreck darum, was sie tun oder wer mit wem ins Bett geht, aber warum muß diese Gala Éluard daraus ein Drama à la Dostojewski machen! Das ist lästig, unerträglich, unerhört!«[4] Auch

Philippe Soupault findet, dass Gala ihre Gefühle für Max Ernst nicht an die große Glocke hängen müsste.[5]

Max Ernsts Frau Louise Straus versucht, sich mit Éluard zu verständigen, um dem Verhältnis ein Ende zu bereiten, doch das heißt, den Bock zum Gärtner machen, ist er doch der Betreiber der *ménage à trois.* Louise erreicht nichts. Ihr Mann eilt ihr mit Riesenschritten in ein neues Leben als Künstler davon, in dem ihn noch viele Frauen begleiten werden. Und es ist nur eine Frage der Zeit, bis Éluard sich selbst in eine Nebenrolle abgeschoben fühlt: Max Ernst ist zur Hauptfigur des Lust-Spiels geworden. Der nun vor Eifersucht rasende Dichter ergreift im April 1924 die Flucht und taucht in Indochina unter, für sieben Monate und ohne Vorwarnung. Simone Breton an ihre Cousine Denise: »Seit Montag ist Éluard verschwunden, mit 17.000 Francs; er hat einen Rohrpostbrief hinterlassen, in dem er seinem Vater droht, jeden umzubringen, den er auf die Suche nach ihm schicke. [...] Gala, die Kleine, befindet sich in einer unmöglichen Situation, mit 400 Francs und auch wegen Max Ernst. Ihre Schwiegereltern werden sie nur unterstützen, wenn er geht. Dabei ist er alles, was ihr bleibt.«[6] Gala zeigt sich angesichts der misslichen Lage recht pragmatisch. Sie verkauft einige Bilder aus Éluards Sammlung, was ihr die Existenz sichert. Sie schickt Ernst auch nicht fort, sondern unternimmt mit ihm eine Reise in seine Heimat. Eluard fleht Gala an, sie möge zu ihm kommen, droht sogar mit Selbstmord. Seine Eltern befürchten das Schlimmste und finanzieren der Schwiegertochter mitsamt ihrem Geliebten nun die Reise nach Saigon, in der Hoffnung, dass es im fernen Osten zu einer Aussprache unter sechs Augen kommen möge. Tatsächlich kommen die Dinge wieder ins Lot. Vereint treten die Éluards den Rückweg nach Frankreich an, und Ernst reist alleine weiter durch Asien.

Mit der Auflösung des Dreiecks findet auch die Freundschaft zwischen den beiden Männern ein Ende. Im Laufe eines Abends bei den Bretons kommt es sogar zu einer handfesten Prügelei. Ernsts neue Freundin und zukünftige Frau Marie-Berthe »hatte mir aus heiterem Himmel und ohne jeden Grund böse Vorhaltungen gemacht«, schreibt Éluard an Gala. »Erst habe ich die Dame angefaucht, und da ich der Meinung war, daß der Herr mich übel hintergangen hat, habe ich ihn schließlich einen Lügner geschimpft und ihm die Freundschaft aufgekündigt. [...] Deshalb hat mich Monsieur, das Schwein, geboxt. [...] Max werde ich niemals wiedersehen. NIEMALS.«[7]

Max Ernst ist endgültig aus dem Spiel, doch an die Unschuld des Anfangs können Gala und Paul längst nicht mehr gemeinsam anknüpfen. Die Ehe wird nach demselben Muster weitergeführt wie zuvor, nur mit wechselnden Partnern. Der Dadaismus mit all seinem Nonsens hat sich inzwischen zum Surrealismus entwickelt, der sich auf politische Territorien vorwagt. Zwischen 1925 und 1928, als er seine schönsten Blüten entfaltet und Paul mit seinen Freunden in Sachen Kunstaktionen unterwegs ist, hat Gala verschiedene Affären. Paul fürchtet zwar, Gala zu verlieren, dennoch plant er unverdrossen weitere experimentelle Liebesnächte: Gala soll ihrem derzeitigen Liebhaber, dem Dichter André Gaillard, zu verstehen geben, er wünsche sich, »daß wir es wie vereinbart gelegentlich zu zweit mit Dir machen«.[8] Während sie ihre Unabhängigkeit ausbaut und ihre Macht kostet, sucht Éluard Sicherheit bei flüchtigen Geliebten, die ihn auf Reisen begleiten.

Der muntere Beziehungsreigen ließe sich, ginge es nach Éluard, ad infinitum fortsetzen. Doch da kommt wieder ein Maler des Wegs, auch er von jenseits der Landesgrenzen: Es ist Salvadór Dalí, ein stolzer Spanier.

Éluard und Dalí lernen sich im Frühjahr 1929 bei Kunstkäufen in Paris kennen. Wie seinerzeit die Bilder Ernsts, haben es dem Sammler nun die Gemälde Dalís angetan. Und wie sehr sich die Bilder gleichen, die Kunst und das Leben nehmen sich nichts, so hat die Avantgarde es schließlich gewollt: Mit dem Plan einer künstlerischen Zusammenarbeit besuchen die Éluards den Spanier noch im gleichen Jahr in seinem Haus im katalanischen Cadaquès. Dalí bekennt in seinen Memoiren: »Dieses Paar verkörperte für mich, den kleinen Provinzler, den Geist von Paris. Ihre Selbstsicherheit, ihre blasierten Mienen und ihr Luxus schockierten mich wie eine Herausforderung, und zugleich faszinierten sie mich, und Gala versetzte mich geradezu in Trance mit ihren Koffern nach der neuesten Mode, die sich, auseinandergenommen, in Schränke verwandelten und von Kleidern und feiner Wäsche überquollen.«[9] Innerhalb nur weniger Tage am Meer entspinnt sich ein ganzes Knäuel innerer Bedürfnisse. Dalí erblickt Gala, die am Strand sitzt, mit dem Rücken zu ihm, der ihn fasziniert »wie einst der Rücken meiner Amme«.[10] Und Dalí nimmt spontan jenes Angebot Galas an, mit dem Éluard so sträflich nachlässig verfahren war: als Paar die Liebe wie eine heilige Kommunion zu leben. »Ein Kuß besiegelte meine neue Zukunft! Gala wurde das Salz meines Lebens, das Härtebad meiner Persönlichkeit, mein Leuchtfeuer, meine Doppelgängerin – ICH. Fortan waren Dalí und Gala verbunden in alle Ewigkeit.«[11] Lange wiegt Éluard sich im Glauben, die Lust des Augenblicks möge verfliegen wie in all den Affären zuvor, doch diesmal irrt er sich. Éluard drängt zum Aufbruch, die zu oft verkaufte Braut macht überhaupt keine Anstalten, die Koffer zu packen; Éluard reist ab, Gala bleibt. Flehentliche Briefe helfen da nichts: »Gala, wenn mir der Gedanke kommen sollte, daß zwischen uns alles vorüber ist, dann bin ich wirklich wie ein zum Tode Verurteilter, und zu welch einem Tode.«[12] Doch anstatt zu sterben, erfindet er Gala immer wieder neu für sich, eine Bedingung für sein Überleben als Dichter. Gala lebt mit Dalí in Spanien; in Paris geistert sie als ein Geschöpf aus Erinnerung und Fiktion im verwaisten Hause Éluards herum. Als sei es möglich, die Uhren zurückzudrehen und das Versäumte nachzuholen, richtet er für die weitere Zukunft mit Gala eine Wohnung am Montmartre ein – eine einsame Beschwörung. »Ich habe in der rue Becquerel übernachtet. Dort bin ich Deinem Geist begegnet, dem Geist unseres Lebens, das so voller Tränen und Liebkosungen war, so ganz von Dir erfüllt.«[13] Statt zur Stätte wiederbelebten Familienglücks wird die weiterhin von Éluard finanzierte Wohnung Anfang der 30er Jahre zur Anlaufstelle von Gala und Dalí während ihrer Reisen nach Paris. 1932 geht die Scheidung der einstigen Liebenden von Clavadel über die Bühne; Gala und Dalí ihrerseits heiraten im Oktober 1933 im spanischen Konsulat von Paris.

Bei Dalí findet Gala die erträumte Exklusivität der Liebe zwischen Mann und Frau. Er löst für sie das Versprechen der außergewöhnlichen Beziehung ein, lebt nun die Komplizenschaft mit einer »Schwesterseele«, die weit mehr als nur eine Geliebte für ihn ist. Gemeinsam mit Dalí werden für Gala Éluards obsessive Visionen der Liebe Wirklichkeit. Während der Dichter für seine Arbeit stets in die Einsamkeit floh und sie in seiner Nähe nicht brauchen konnte, verlangt der Maler ihre unmittelbare Anwesenheit. Ihre Teilnahme äußert sich ganz praktisch: »Jeden Morgen und jeden Abend ließ sie mich in meinem Atelier, vor meiner Leinwand zurück und ging mit einem Karton unter dem Arm fort, um einige der leuchtenden Früchte meiner Erfindungsgabe anzubieten [...].«[14] Gala wird zu Dalís ›Macherin‹ – und der gibt zu: »Gala wurde zu einem fundamentalen Katalysator meines Lebens. Mein visuelles und affektives Gedächtnis wird durch sie transzendiert. Ihr habe ich es zu danken – ihrer von meinem Ich empfundenen und akzeptierten Liebe –, daß ich dieses Bündel von Projektionen hervorzubringen vermag und imstande bin, daraus die stärksten und besten auszuwählen.«[15]

Auch Éluard bleibt nicht lange allein: Im Mai 1930 hat er während eines Streifzugs durch Paris eine junge Frau aufgelesen, Maria Benz, genannt Nusch. Sie stammt aus einer Artistenfamilie in Mulhouse, posierte eine Zeitlang in Berlin für Nostalgiepostkarten und war Darstellerin im Grand Guignol, dem Sensationstheater der Vorstädte von Paris. Sie heiraten im August 1934, nur ein knappes Jahr nach Galas Hochzeit mit Dalí. Mit Nusch setzt er den Reigen fort; Nusch wird zum beliebten Aktmodell vor der Linse des Fotografen Man Ray. Der Dichter und Nusch sind ein schönes Paar, doch Éluard hält seiner poetischen Gala ewige Treue: Wie Orpheus braucht er Eurydike für sein Lied. Bis zu seinem Tod im Jahre 1952 wird er ihr Liebesbriefe senden, in denen er sie als Frau und Geliebte sowie die Erinnerung an das gemeinsame Leben zelebriert. Éluard lebt mithilfe eines Konstrukts, worin Gala die tragende Rolle einer fernen Muse seiner Dichtung spielt. »Denn ich glaube nicht, daß ich jemals mit einem anderen Menschen leben könnte, weder mit Nusch noch mit einem anderen. Gala, ich liebe Dich schon viel zu lange, ich habe zu lange schon mit Dir zusammengelebt, zu lange habe ich – ganz gleich, wie Du darüber denken magst – ganz nach Deinen Wünschen, Deinen Träumen, *Deinem Wesen* gehandelt.«[16]

So gibt es weiterhin zwei Frauen in Éluards Leben. An Nusch schreibt er: »Meine liebe Kleine, [...] ich werde spätestens am Dienstag den 8. zurück sein und dich wieder in meinen Armen halten, zart und rein. Ich hoffe, es geht gut, daß du artig auf mich wartest, daß du meiner Liebe sicher bist, mein liebes Kindchen, meine schöne Nusch.« Tags darauf schreibt er an Gala: »Ich denke nur an dich, ich bete dein Geschlecht an, deine Augen, deine Brüste, deine Hände, deine Füße, deinen Mund und deine Gedanken, all meine Gala.«[17]

»Damen verlieben sich in Schwule, und Schwule vergaffen sich in Frauenhelden ...«

Dora Carrington – Lytton Strachey – Ralph Partridge

Abb.: Dora Carrington und Ralph Partridge

Dora Carrington, zweiundzwanzig Lenze, man munkelt, sie sei noch Jungfrau, ist Studentin an der Londoner Slade School of Fine Art, wo sie 1911 Malerei zu studieren beginnt. Sie hat ein ganzes Gefolge von Verehrern, flüchtet aber jedesmal, sobald aus Freundschaft Liebe zu werden droht. Einzig der Kommilitone Mark Gertler lässt sich nicht abschütteln. Dora gewährt ihm Küsse, sie verbringen die Nächte zusammen in seinem Atelier – aber mit ihm schlafen will sie nicht. Gertler drängt auf Hochzeit, er ist guten Glaubens, dass Carrington sich ihm nur solange vorenthält, bis sie ein Ehepaar sind – er setzt auf die Hochzeitsnacht als Initialzündung. Doch dazu wird es nicht mehr kommen.

Als Dora de Houghton Carrington am 29.3.1893 in Hereford im Südwesten Englands zur Welt kommt, ist ihr geliebter Vater bereits ein gut sechzigjähriger, kranker Mann. Als er stirbt, vererbt er der Tochter eine stattliche Summe, die es ihr erlaubt, jenseits der bürgerlichen Konventionen als Malerin zu leben. Ihren biederen Vornamen hasst sie und lässt ihn einfach weg. Bald ist die junge Frau mit dem rotblonden Pagenkopf für alle nur noch ›Carrington‹. Und sie gibt sich wie ein Junge – macht sich ihren Brüdern gleich, mit denen sie aufwächst, und was sie künftig bei einem Mann suchen wird, ist vor allem diese vertraute brüderliche Loyalität, die sie von zuhause kennt. Einem Freund, dem Romancier David Garnett, erscheint sie deshalb zeitlebens wie ein pubertäres Mädchen, das sich weigert, eine Frau zu werden, prädestiniert, nur mit einer Vaterfigur glücklich sein zu können.

Auf diese Vaterfigur trifft Carrington im Herbst 1915 im gastlichen Haus von Virginia Woolf. Lytton Strachey, homosexuell und eine Autorität im Bloomsbury-Kreis, hat sich durch Biografien über historische Persönlichkeiten einen Namen gemacht. Als Carrington Strachey begegnet, zählt der zwar erst fünfunddreißig Jahre, aber mit Vollbart, Gehstock und Brille wirkt er ein hübsches Stück älter. Carrington tobt gerade mit den beiden Neffen von Virginia Woolf im Garten herum, Strachey blickt höchst interessiert aus dem Fenster hinaus und fragt, wer denn bloß dieser hübsche Junge sei ... Der Junge ist ein Mädchen, und Strachey macht daraufhin die merkwürdige Erfahrung, dass Carringtons Gesellschaft ihn beflügelt. Carrington wiederum sucht, was ihr selber unheimlich vorkommt, immer wieder die Nähe dieses etwas skurrilen Intellektuellen, dessen Männlichkeit sie nicht bedroht.

An Mark Gertler, den Verlobten, schreibt Carrington: »Ich kann Dich nicht so lieben, wie du es von mir verlangst. Wisse, daß nicht geht, was Du möchtest, Geschlechtsverkehr haben, ohne den Körper eines Menschen zu lieben. Ich habe diesen Wunsch nie in meinem Leben verspürt. Ich liebe Dich, aber nicht so, wie du es gerne hättest. Einmal hast Du mich in deinem Atelier geliebt, weißt du noch, es ist bereits viele Jahre her. Etwas, was ich nie vergessen kann, ich habe mich zutiefst geschämt, fühlte mich unrein. Was kann ich dafür? Ich flehe zu Gott, es wäre anders. Denk' doch bloß nicht, daß es mir Spaß macht, ohne Sex zu leben, und daß ich glücklich damit bin. Es tut mir doch auch weh.«[1] Gertler sucht nun ausgerechnet Rat bei Lytton Strachey, dessen liberale Ansichten über Sexualität ihm imponieren. Der hingehaltene Bräutigam hat eine Strategie ausgeheckt, von der er sich eine Gehirnwäsche der reservierten Freundin verspricht: Sollen sich Carrington und der väterliche Freund nur so oft wie möglich treffen, damit dieser sie in Gesprächen von der sexuellen Revolution, wie sie im Bloomsbury-Kreis diskutiert wurde, überzeugt. »Sex durchdrang unsere Gespräche.«, schreibt Virginia Woolf. »Das Wort ›schwul‹ war unseren Lippen nie fern. Wir diskutierten mit der gleichen Erregung und Offenheit über Beischlaf, mit der wir über das Wesen des Guten diskutiert hatten. [...] mit entzücktem Interesse lauschten wir den Liebesaffären der Schwulen. Wir verfolgten das Auf und Ab ihrer bewegten Geschichten«.[2]

Carrington verspürt bald eine »unglaubliche innere Erregung«, wann immer sie Strachey sieht. Der fürchtet zwar, die junge Malerin könne sich in ihn verlieben, doch findet er größten Gefallen daran, seinen pädagogischen Eros walten zu lassen. Zwei Seelen wohnen, ach, in seiner Brust: Einerseits steht er offen zu seiner Homosexualität, andererseits sehnt er sich nach der Nähe und Verbindlichkeit, die er bei flüchtigen Geschichten mit Londons Boys nie findet. Schon 1909 hatte er Virginia Woolf einen Heiratsantrag gemacht, und jetzt, fünfzehn Jahre später, wagt er nochmals einen Vorstoß bei einem weiblichen Geschöpf: Während eines Spaziergangs in den Downs reißt er Carrington an sich und versucht sie zu küssen, sie macht sich los und rennt davon. Ihr

Rachefeldzug, von dem die Legende erzählt, wirkt wie eine Inszenierung für ein Lehrbuch der Psychologie. In der folgenden Nacht bewaffnet sie sich mit einer Schere, schleicht sich in Stracheys Zimmer und nimmt seinen dichten dunklen Bart ins Visier, die Trophäe, auf die sie es abgesehen hat. Strachey schlägt rechtzeitig die Augen auf, die symbolische Entmannung ist missglückt. Eine unmögliche Liebe nimmt von da an ihren Lauf. Die Malerin und der Literat sind Seelenverwandte. 1917 macht Strachey Carrington den Vorschlag, zusammenzuziehen, gemeinsam unter ein Dach. Wieder erschreckt sie seine Direktheit, wieder ergreift sie die Flucht, wieder kehrt sie zurück. Und sie ist es dann sogar, die in Tidmarsh eine alte Wassermühle entdeckt, malerisch, aber feucht und heruntergekommen. Strachey, der sich sommers wie winters gleichermaßen in hochgeschlossenen Textilien verhüllt, bangt um seine Gesundheit, fürchtet, er werde beim Schreiben Handschuhe tragen müssen, doch Carringtons Begeisterung reißt ihn am Ende mit. Carrington macht sich mit Hingabe an die Renovierung der Räume, schmückt die Wände mit farbenfrohen Fresken. Als das Paar im November 1917 einzieht, findet Strachey in seinem Schlafzimmer ein lebensgroßes Gemälde von Adam und Eva vor.

Im Salon von Lady Ottoline Morell in Oxfordshire beschäftigt man sich nun mit der Frage, ob Carrington an der Seite dieses in die Jahre kommenden Schwulen eine alte Jungfer werden wolle. »Was sind das nur alles für Teufel mit ihrem ewigen Schubsen & Predigen & Jungfräulichkeitsgeschwätz«[3], fragt Strachey seine frischgebackene Lebensgefährtin in einem Brief. Aber körperliche Bedürfnisse verschwinden nicht, indem man sie ignoriert. »Und wie sollen wir es mit dem Körperlichen halten?«, fragt er. Carrington: »Ach, darauf kommt es doch nicht an.« Strachey nimmt ihr das nicht ab: »Das ist aber schlimm.« »Dann setzte er sich zu mir auf den Boden, nahm meine Hände und ließ mich seinen Mund küssen. Ich verhedderte mich in seinem dünnen Bart, und mein Herz wurde schwer wie Blei, weil ich wußte, wie elend es werden würde.«[4] Doch im Verzicht bieten sie einander auch Schutz: Von Carrington fällt der Druck ab, Sex nur als Pflichterfüllung haben zu müssen. Sie sublimiert ihre Wünsche, umsorgt Strachey und hofft insgeheim, dass er sie eines Tages heiraten wird.

Gertler, der Dauerverlobte, wird erst im Februar 1918 vor vollendete Tatsachen gestellt, die Carrington ihm bislang vorenthalten hat. Dass ihm ein Homosexueller vorgezogen wird, erträgt er nicht. Nach einer Party fällt er über den unwürdigen Konkurrenten her und streckt ihn nieder. Carrington, unfähig, Konsequenzen zu ziehen und Gertler ganz in Ruhe zu lassen, hält die Beziehung, die gar keine mehr ist, aufrecht: »Mark, bitte, verlaß mich nicht!«[5], als könne sie nur mit Strachey zusammenleben, wenn es da einen Mann im Hintergrund gibt, der sie auch begehrt – den sie aber zappeln lässt und wie ein Brüderchen behandelt.

Unbeantwortetes verdrängtes Verlangen ist der Stachel im Fleische: An manchen Abenden hält Strachey es nicht länger an seinem Schreibtisch, es treibt ihn hinaus in die Nacht. Die unfreiwilligen Pausen im Ehe-Spiel erinnern sie schmerzlich an den eigenen brachliegenden Körper; ihre einzige Gesellschaft in jenen Nächten ist ein Porträt, das sie von Strachey gemalt hat. In ihr Tagebuch schreibt sie: »Am liebsten würde ich Dich immer weiter malen, jede Woche, den Nachmittag vertrödeln und Dir nie zeigen, was ich male. Es ist wunderbar, Dich ganz für mich allein zu haben.«[6]

Im Sommer 1918 kommt der wahre Dritte ins Spiel: Ralph Partridge, groß, stämmig, blond, vierundzwanzig Jahre alt, einstiger Kriegskamerad von Carringtons Bruder Noël. Zwiespältig wie die erste Begegnung zwischen Carrington und Strachey ist auch Partridges Antrittsbesuch in Tidmarsh. Strachey hat den Kriegsdienst verweigert, Partridge verurteilt derartige Schwächlinge; Strachey vertritt liberale, Partridge konservative Ansichten. Carrington legt sich für Strachey ins Zeug, woraufhin Partridge sie als »malende Jungfer und große Bolschewikin, die für die Sache der Weltrevolution gerne eine Lanze brechen würde« bezeichnet. Sie kontert, er sehe aus wie ein »norwegischer Zahnarzt«.[7] Und doch: Partridge, scheinbar herausgefordert durch solch charmanten Ungehorsam, kommt bald jedes Wochenende nach Tidmarsh. Dann sitzt Carrington mit Palette und Pinsel vor der Staffelei, Partridge posiert vor ihr auf einem Stein – im Adamskostüm. Strachey beobachtet den Körper des blonden Hünen vom Liegestuhl aus – der aber hat nur Augen für die Frau, die ihn gerade auf die Leinwand bannt. Sie schreibt: »Ich muß gestehen, bei seinen Schenkeln und Beinen wurde mir so mulmig, daß mir die Zeichnungen gar nicht gut gelungen sind.«[8] Gegenüber Lytton streitet sie ihre Gefühle für das Aktmodell schlankweg ab: »Ich sah, daß Partridge die besten Ansichten über Demokratie und Sozialreformen teilte, über Wein, frohe Dinge und Opern. [...] Ich bin richtig begeistert und glücklich. Es tut so gut, einem Menschen zu begegnen, der so beschwingt durchs Leben geht. [...] Äußerlich ist er nicht so attraktiv. Enorm groß. Aber verwegen und voller Witz. Sicher werde ich ihn niemals lieben, aber ich mag ihn ausgesprochen gern.«[9] Wieder streitet sie jedes Gefühl ab, aber Strachey liest zwischen den Zeilen und redet ihr zu: »Heirate ihn.« Ganz uneigennützig ist sein Vorschlag nicht, denn der verliebte Partridge würde sich sogar auf ein Leben zu dritt einlassen. Wenn Carrington ihn an sich bände, müsste Strachey weder auf die Nähe des attraktiven Ralph, noch auf seine Lebensgefährtin verzichten. Als Carrington und Partridge einige Tage in Oxford verbringen, schreibt Strachey an Partridge: »Es ist so schön, wenn wir alle drei zusammen sind, daß ich Groll gegen jede Minute hege, die uns voneinander trennt.«[10]

Wieder kann Carrington sich nicht entscheiden und fragt sich, ob »gemeinsames Glück nicht mit zwei Leuten gleichzeitig möglich sein kann«. Sie möchte »drei oder vier Menschen gleichzeitig *sehr* gern haben. Ein menschliches Wesen intim zu kennen, seine Zuneigung zu spüren, sein Vertrauen zu besitzen, ist so vereinnahmend, daß der Glaube an eine einzige Variante der Zuneigung absurd ist. Der Kontrast in einer zweifachen Beziehung ist faszinierend.«[11] Partridge hat inzwischen eine Stelle bei Leonard und Virginia Woolfs Hogarth Press als Setzer und Sekretär angenommen und führt diese berufliche Basis als Argument für die baldige Eheschließung an. Carrington gibt seinem Drängen schließlich nach, am 20. Mai 1921 ist Hochzeit, der Ehemann zieht in Tidmarsh ein und das Dreieck ist komplett. Ralph Partridge hat in eine bereits bestehende Lebensgemeinschaft eingeheiratet und sich auf deren Spielregeln eingelassen. Selbst während der Flitterwochen gondelt man selbdritt über die venezianische Lagune.

An Strachey schreibt Carrington: »Im Grunde bist Du der einzige Mensch, für den ich je eine tiefere Leidenschaft empfunden habe, eine andere wird es niemals geben. Auch jetzt nicht. Ich habe Dich fast bis zur Selbstaufgabe geliebt. Natürlich waren die Jahre in Tidmarsh, als wir ganz alleine waren, die glücklichsten, die ich je hatte. [...] Ich glaube, er wird mich glücklicher machen, als ich es alleine sein könnte. Und ganz sicher bewahrt er mich davor, vor Sehnsucht nach Dir krank zu werden. Und wie Ralph gestern abend sagte, wirst Du immer bei uns bleiben. [...] Er weiß, daß ich ihn nicht liebe. Aber er spürt, daß meine Zuneigung groß genug ist, ihn glücklich zu machen, wenn ich mit ihm lebe. Letzte Nacht, Lytton, habe ich geweint, während er selig schlummernd an meiner Seite lag: Ich weinte bei dem Gedanken an das grausame, zynische Schicksal, das es meiner Liebe unmöglich macht, jemals von Dir gebraucht zu werden. Du weißt nicht oder wirst nie wissen, welche große und vernichtende Liebe ich für Dich hatte. Wie ich jedes Haar, jede einzelne Bartlocke verehrte. Daß ich Dich mit Augen verschlungen habe, wenn Du mir abends vorgelesen hast. Daß ich den Duft Deines Gesichtes in Deinem Schwamm liebte.«[12]

Ihre Briefe, die sie mit humoristischen kleinen Zeichnungen illustriert, bleiben nicht unbeantwortet: »Oh meine Liebe, willst Du wirklich, daß ich Dir sage, ich liebe Dich als Freundin! – Aber natürlich ist das absurd, und Du *weißt* sehr gut, daß ich Dich mehr liebe als ein Freund, Du engelsgleiches Geschöpf, dessen Güte mich jahrelang glücklich gemacht hat und dessen Gegenwart immer eines der wichtigsten Dinge in meinem Leben gewesen ist und immer sein wird. Du und Ralph und unser Leben in Tidmarsh sind mir das Wichtigste auf der Welt – fast (abgesehen von meiner Arbeit und einigen wenigen Menschen) das *Einzige,* was mir wichtig ist.«[13]

In der Gemeinsamkeit mit beiden Männern kann Carrington sich verdoppeln: Über Ralph kann sie den Körper des anderen erreichen, mit ihm hat sie sich ein männliches Ich verschafft, eines, das von dem ihrerseits begehrten Lytton begehrt wird. Anders als Gertler kann er die Gemeinsamkeit mit Strachey sogar genießen, denn sexuell fühlt er sich ihm überlegen; der Homosexuelle stellt Ralphs männliches Selbstbewusstsein nicht in Frage, und außerdem hat sich Carrington, immerhin, endlich zum Beischlaf entschlossen.

»Mein Privatleben fließt ganz gemächlich dahin«, schreibt Lytton an seinen Bruder James. »Die seltsame *ménage* oder die *ménages* funktionieren, glaube ich, ganz gut. Ralph ist wirklich charmant und scheint ganz glücklich, und auch Carrington macht einen zufriedenen Eindruck.«[14] Tatsächlich aber ist das Leben zu dritt die kürzeste Zeit so harmonisch, wie Carrington und Strachey es immer wieder beschwören. Partridge hat bald Affären, die die Stabilität des Dreiecks jedoch nicht gefährden und die von Carrington toleriert werden. Dann aber dreht der Spieß sich um: Gerald Brenan, ein Freund von Ralph Partridge, kommt im Juni 1923 zu

Besuch. Und der neue Gast erschüttert das Dreiecksgefüge – Carrington und er beginnen eine heimliche Affäre. Als Partridge den beiden auf die Schliche kommt, rechtfertigt sich Carrington, man habe sich doch lediglich geküsst. Strachey schlichtet, um der Dreieinigkeit willen, doch Partridges Ehre ist zutiefst verletzt. Der blonde *homme à femmes* fühlt sich plötzlich als gehörnter Ehemann. Er schreibt an Brenan im Juni 1922: »Als Freund kann ich sie nicht lieben, weil wir uns gegenseitig nicht vertrauen, nicht als Liebhaber, nicht als Ehemann, für mich ist sie so befleckt, daß meine Liebe in Abscheu umgeschlagen ist.«[15] Aber Carrington ist längst ein Teil seines Lebens, und ihm ist auch klar, dass eine Trennung von Carrington gleichermaßen ein Abschied von Lytton wäre: »Auch wir haben unser beider Leben zusammengeschweißt, und diese Verbindung muss abgebrochen werden, wenn ich sie verlasse.«[16] Der Homosexuelle erscheint als eine Integrationsfigur in den mehr oder weniger für offen erklärten Beziehungen, er scheint es zu sein, der das Dreieck in Schach hält. Die Wahlverwandten bleiben also noch eine Weile unter einem Dach, aber Partridges empfindliche Reaktion auf Carringtons Seitensprung ist nur ein Vorbote künftigen Geschehens.

Lytton Strachey leidet immer stärker unter der Feuchtigkeit der Mühle, und im Juli 1924 zieht das Trio von Tidmarsh nach Ham Spray. Der Umzug ist bereits der Auszug aus dem trügerischen Paradies. Ausgerechnet eine Nichte Lyttons, die Philosophie studiert hat und in einer Londoner Buchhandlung arbeitet, taucht in Ham Spray auf. Frances Marshall erregt Ralphs Interesse –

bald verbringt er viel Zeit mit ihr in London, denn sie will den Lover für sich allein. Ralphs neues Leben mit Frances lässt sich mit der Ersatzfamilie nur schwer in Einklang bringen. Immerhin lässt sich Frances auf Stracheys Bitten darauf ein, die Wochenenden in Ham Spray zu verbringen, doch die werden zur Qual – Carrington hört Ralph und Frances hinter der Wand lachen – und dann beredt schweigen. Als sei das nicht genug, hat Strachey nun oft Besuch von jungen Liebhabern. In dieser Situation lernt Carrington Henrietta Bingham kennen, erlebt mit ihr »wahre Ekstasen« und vermutet, dass ihr Leben einfacher sein könnte, wenn sie lesbisch wäre, aber das Herz ist nicht beteiligt. Solange Lytton lebt, beharrt sie auf der »Dreifaltigkeit des Glücks«.[17] Aber das ist nur mehr ein Mythos – es hat sich doch längst verflüchtigt. Nach einem knappen Jahr ist auch dieses Arrangement hinfällig. Als Ralph und Frances beschließen, für immer in London zu leben, schreibt Strachey: »C. und ich leben hier wie in einem Vakuum.«[18]

Lytton Strachey

Strachey leidet seit einiger Zeit unter starken Leibschmerzen. Als er im November 1931 den Arzt aufsucht, ist die Diagnose niederschmetternd: Magenkrebs im fortgeschrittenen Stadium. Er stirbt nur wenig später am 21. Januar 1932. Noch am selben Tag versucht Carrington, sich in der Garage zu vergiften; sie wird rechtzeitig gefunden. Ins Tagebuch schreibt sie: »Wir hätten nicht glücklicher miteinander sein können. Denn seine Gefühle waren auch meine. Alles fort. Nie habe ich ihm gesagt oder gezeigt, wie uneingeschränkt ich ihn geliebt habe. Nun gibt es keinen Darling Lytton mehr, mit dem ich lachen kann. Nie in diesen ganzen 16 Jahren war ich ohne ihn glücklich. [...] Ich sehe meine Bilder und denke, wozu, denn Lytton wird meine Bilder nun nicht mehr sehen, und ich muß weinen.«[19] Drei Wochen später, am 11. März, borgt sich Carrington von den Nachbarn eine Schrotflinte, die Kaninchen im Garten seien eine Plage, gegen die sie endlich vorgehen müsse.

Man findet Carringtons leblosen Körper – in Stracheys gelben Morgenmantel gehüllt.

Die Trigonometrie der Revolution

Wladimir Majakowskij –
Lilja und Ossip Brik

Abb.: Ossip und Lilja Brik, Wladimir Majakowskij (v. l.)

»Osja und ich waren nie wieder körperlich intim, und so hat aller Klatsch und Tratsch über ein ›Dreieck‹, über eine Liebe ›zu dritt‹ absolut nichts mit der Wirklichkeit zu tun. Ich liebte, liebe und werde Osja weiterhin stärker als einen Bruder lieben, stärker als einen Ehemann, stärker als einen Sohn. Über solch eine Liebe habe ich niemals je etwas in irgendeinem Gedicht, irgendeinem Roman gelesen … Diese Liebe war kein Hindernis in meiner Liebe zu Volodja. Im Gegenteil, es kann sein, daß ich Volodja nicht so heftig geliebt hätte, wäre es nicht für Osja gewesen. Es war mir unmöglich, Volodja nicht zu lieben, weil Osja ihn so sehr liebte.«[1]

Osja: Das ist Ossip Maximovitsch Brik, geboren 1888 in Moskau. Volodja: Das ist der 1893 in Georgien geborene Wladimir Wladimirowitsch Majakowskij. Die Frau, die hier über beide Männer spricht, ist Lilja Brik, geborene Kagan, Jahrgang 1891, auch Lili, Lilitschka, Lilchen und in Majakowskijs Liebesgedichten bei etlichen Kosenamen genannt, für die die russische Sprache so erfindungsreich ist. Wann immer Lilja später über das Zusammenleben mit ihrem ersten Ehemann Ossip Brik und ihrem Geliebten Wladimir Majakowskij befragt wurde, wollte sie nichts von einem Dreieck wissen, bei dem, in ihren Begriffen, nicht nur Tisch, sondern auch Bett geteilt werden. »Seit 1915 war meine Beziehung zu Ossip zu einer rein freundschaftlichen geworden, und diese Liebe vermochte weder meine Freundschaft mit ihm zu beeinträchtigen, noch seine

Freundschaft mit Majakowski. Während der letzten drei Jahre waren sie wesentlich füreinander geworden – beide gingen den gleichen Weg, sowohl in der Kunst als auch in der Politik, tatsächlich in allem. Gemeinsam beschlossen wir, uns niemals zu verlassen, und wir lebten unser Leben als enge Freunde.«[2] Aus der Liebe der Eheleute war Freundschaft geworden; zwischen den Männern herrschte brüderliches Einvernehmen statt Eifersucht. Für Wassilij Katanjan, Liljas Sohn aus dritter Ehe, ist diese Lebensgemeinschaft seiner Mutter ein »Dreierbund«, der allen Beteiligten behagte.[3] »Das heißt aber nicht«, schreibt er, »daß sie es leicht miteinander gehabt hätten. Zwei in diesem Dreieck, das Majakowski seine Familie nannte, waren von vornherein zu einer Tragödie verurteilt, die folgenden Grund hatte: Lilja liebte Ossip Brik, der sich aus ihr als Frau nichts machte, Majakowski hingegen liebte Lilja, liebte und begehrte sie grenzenlos, was sie nicht mit gleicher Stärke erwidern konnte. Seit ihrem dreizehnten Lebensjahr gehörten ihre Gefühle allein Ossip.«[4]

Lilja Jurjewna Kagan ist die ältere von zwei Töchtern eines Moskauer Anwalts. Dieser vertritt vor allem Künstler und Intellektuelle, die im Haus der Kagans ein und aus gehen – mit vierzehn beginnt Lilja, revolutionäre Schriften zu lesen und mit nach Hause zu bringen, was brandgefährlich ist. Bald besucht Lilja Privatkurse in politischer Ökonomie, die ein gewisser Ossip Brik abhält, der 1905 wegen revolutionärer Umtriebe vom Schuldienst am Gymnasium suspendiert worden war. Die grazile Lilja mit ihren großen, schwarzen Augen ist umschwärmt – und keiner überzeugt sie so wie Ossip, bei dem sie sich geborgen fühlt: Sie heiraten am 11. März 1912. Als glühende Marxisten wollen sie gemeinsam aktiv teilhaben an jenem großen Umwandlungsprozess, der in Revolution und gesellschaftliche Neuordnung münden muss.

Majakowskij ist ursprünglich ein Freund von Liljas jüngerer Schwester Elsa. Seit dem Herbst 1914 leben die Briks in Petrograd (heute Sankt Petersburg). Ihr Haus in der Shukovskaja ist zu einem Treffpunkt von Künstlern und Intellektuellen geworden, Galionsfiguren der Russischen Avantgarde geben sich die Klinke in die Hand: Kamenski, Burljuk, Sklovskij, Khlebnikov, Kusmin, Pasternak. Als Glücksdatum nennt Majakowskij den 15. Juli 1915, den Tag, an dem er den Briks vorgestellt wird. Sein Poem *Wolke in Hosen* hat in ihrer Wohnung Premiere, versetzt alle Anwesenden in Staunen, und Lilja ist spontan in Majakowskijs Worte verliebt.

Der Dichter quartiert sich 1915 in Petrograd ein. »Nachdem Lilja ihn kennengelernt hatte, bat sie ihn, der furchtbar heruntergekommen und halbverhungert war, täglich zum Mittagessen zu ihr zu kommen. Sie begann seine Gedichte, denen er selbst anfangs keine Bedeutung beimaß, zu sammeln. Nach einem Jahr ließ sie sie mit selbstausgesuchten Illustrationen und in eigener Gestaltung binden.«[5] Die Dreieckskonstellation, die sich herstellt, ist vielleicht sogar die Voraussetzung dafür, dass der Zartbesaitete die Energie für seine revolutionären Aktivitäten schöpfen kann. Ossip ist sein Mentor, jene Vaterfigur, die er auch schon für Lilja verkörpert. Das Dreieck hätte nicht funktioniert, wären die drei Beteiligten einander nicht so sehr gewogen. Ihnen ist aber auch klar, dass ihr Alltag eine unkonventionelle

Lebensform darstellt, die nicht nur den liberalen Vorstellungen der Bohème entspricht, sondern wie ein Modell für ein erneuertes Privatleben daherkommt.

Der Weg hin zu einem unbürgerlichen Zusammenleben ist längst geebnet: 1908 war das erste Buch von Alexandra Kollontai erschienen, *Soziale Grundlagen der Frauenfrage.* Die Gleichberechtigung der Frauen in der Sowjetunion könne nur erreicht werden, wenn die Grundlagen der bürgerlichen Moral abgeschafft würden. »Nicht die sexuellen Beziehungen bestimmen das moralische Ansehen der Frau, sondern ihr Wert im Arbeitsleben, bei der gesellschaftlich-nützlichen Arbeit.«[6] Die Protagonisten im wirklichen Leben sind verletzlicher als die Theoreme auf dem Papier. Zunächst verabreden sich Lilja und Majakowskij heimlich, in ihren Erinnerungen gibt Lilja zu, dass sie Ossip erst 1918 in aller Offenheit über ihre Liebe zu Majakowskij erzählen konnte. Ihn aber stört die neue Leidenschaft seiner Frau nicht – seine Arbeit macht ihn unabhängig. Dank seiner finanziellen Hilfe kann Majakowskijs *Wolke in Hosen* erscheinen. »Der einzige Ratgeber, dem er mehr traute als sich selbst, war Ossip Brik.«[7] Majakowskij widmet das Gedicht Lilja – keine verborgene Liebeserklärung, sondern eine Hommage *coram publico.* Stärker als Eifersucht ist der gemeinsame Glaube, die Arbeit in den Dienst der Revolution zu stellen; die drei sind eine verschworene Gemeinschaft mit höheren Zielen. Vielleicht ist es auch die Liebe des Wissenschaftlers zum Phänomenologischen, die es ihm selbst in beengten Verhältnissen ermöglicht, frei von Eifersucht in der friedlichen Dreiergemeinschaft zu leben: Die Badewanne (die sie immerhin haben) findet nur auf dem Flur Platz.

Majakowskij, ständig von Unruhe getrieben, geht nichts schnell und gut genug. »Morgens stand er eher als alle anderen auf und äugte ungeduldig zu Briks Tür. Wenn er feststellte, dass Brik nicht mehr schlief, sondern im Bett las oder eine Partie aus der Schachzeitschrift nachspielte, rief er, er solle *auf der Stelle* frühstücken kommen. Der Samowar siedete, Majakowskij machte eine Portion belegte Brote, und sie lasen und besprachen die Zeitungen des Tages. [...] So begann bei uns viele Jahre lang jeder Tag. Brik sprach mit Majakowskij über alles, was er gelesen hatte. Majakowskij kam kaum zum Lesen, hatte aber für alles Interesse, und Brik konnte eindrucksvoll erzählen. Oft geschah es, dass Majakowskij mitten im Gespräch aufstand, sich über Brik beugte und ihm mit den Worten: ›Komm, laß dir die Glatze küssen‹ einen Kuß auf den Kopf gab.«[8]

1917, im Jahr der Oktoberrevolution, schlägt Majakowskijs große Stunde: Er hält Vorträge vor einem Arbeiterpublikum, liest in Cafés Gedichte. 1918 gründen Majakowskij und Brik eine Zeitschrift, *Die Kunst der Kommune,* in der sie für proletarische Kunst eintreten. Im Frühjahr 1919 kehrt das Dreieck geschlossen in ein Moskau zurück, das, nachdem im Zarenpalast die Lichter ausgegangen waren, wieder zur Kapitale der Sowjetunion ausgerufen worden war und wo sie sich näher am Puls der Zeit fühlen. Majakowskij entwirft Werbeplakate für die neuen staatlichen Unternehmen, verfasst Theaterstücke, ist im Volkskommissariat für Bildungswesen tätig. Eine ganz andere, zartere und ambivalentere Sprache sprechen seine Gedichte an Lilja, Muse des Dichters und Seele des Hauses.

Gerade die schlechten Zeiten begünstigen den Dreierbund: »Gespräche, Erlebnisse, Nöte und Hoffnungen. Wunderliche Dürftigkeit gemeinsamer Mahlzeiten, wo wenig zu kauen, umso mehr zu diskutieren war; tragikomische Unzulänglichkeit gemeinsamer Domizile, wo wenig Platz zum Wohnen, umso mehr Raum für philosophisches Denken war. [...] Es war eine unkontingentierte Raserei am Werk, die nur für eines keinen Sinn hatte: simple Liebesrivalität, in Eifersucht verkleidete Ichsucht.«[9]

Mit Majakowskij dreht Lilja den Film *Das Mädchen und der Rowdy,* von *Vom Film gefesselt* existieren nur Fragmente. In einem eigenen, 1929 entstandenen Film, *Das Glasauge,* wird die Faszination für die neuen cineastischen Möglichkeiten gefeiert. Auf so familiärer und produktiver Basis steht das Dreieck bis 1921. Im Herbst besucht Lilja London, wo die Schwester Elsa gerade lebt. Auf der Rückreise in Berlin trifft sie ihre beiden Männer wieder. Sie wohnen im Kurfürstenhotel und sind mitnichten die einzigen Russen: Vor der Revolution Geflohene finden hier Aufnahme, weil Deutschland den Nansenpass anerkennt, der den staatenlos gewordenen Russen amtliche Identität gibt. Majakowskij wird wie ein Sendbote des revolutionären Aufbruchs empfangen, kaum betritt er einen Saal, donnert Applaus. Sie treten als Paar auf, Lilja dolmetscht. Täglich beschenkt er sie mit riesigen Blumensträußen, sie speisen in teuren Restaurants, gehen ins Kino. »Majakowski hielt alle frei, was mir etwas peinlich war«, schreibt Lilja in ihren *Erinnerungen an Majakowski,* »er führte sich wie ein Kaufmann oder Mäzen auf.«[10]

Die Liebe kriselt. Schon Liljas Reise zu Elsa war eine

Flucht vor dem immer besitzergreifenderen Majakowskij. In der Sommerfrische des Jahres 1922 lernt Lilja einen gewissen Alexander Krasnoschtschokov kennen, einen aus dem amerikanischen Exil zurückgekehrten Revolutionär, der einen Posten in der neuen Regierung bekleidet. Majakowskijs rasende Eifersucht ist Legende. Lilja will Abstand, um Klarheit über die Zukunft der Beziehung zu gewinnen. Mochten sie dabei auch programmatisch an die Anforderungen einer neuen Gefühlskultur gedacht haben, die sie bewusst leben wollten – in der Praxis wird gelitten: Silvester 1922/23 darbt Majakowskij in seinem Arbeitszimmer in der Lubjanskijgasse, schreibt der Abwesenden aus der Tiefe seiner Sehnsucht: »Jetzt fühle ich, daß ich vom Leben vollends abgetrennt bin, daß nichts mehr, nie mehr etwas sein wird. Ohne Dich ist kein Leben. Ich habe das immer gesagt, wußte es immer. Jetzt fühle ich es, fühle es bis ins Innerste. Alles, alles, woran ich mit Freude gedacht habe, ist heute gleich Null – entsetzlich.«[11] Er bombardiert Lilja mit Blumen, Briefen, Zeichnungen, hält er es gar nicht mehr aus, ruft er sie an, um wenigstens ihre Stimme zu hören.

Das Jahr 1925 entscheidet über die Zukunft des Dreiecks. Lilja muss ein Unterleibstumor entfernt werden, Majakowskij kümmert sich um die Rekonvaleszentin. Als sie genesen ist, reist er in die USA. Beeindruckt von der neuen Welt, ist er umso entschlossener, die alte Welt zu einer noch neueren umzugestalten.

Ossip, Lilja und Majakowskij bezeichnen sich zwar nach wie vor als Familie und verbieten sich, weitere Personen in ihren Kreis miteinzubeziehen, die das Gleichgewicht gefährden würden – erotische Affären sind erlaubt, aber nur peripher. Lilja und Wladimir stürzen sich in Abenteuer, als gälte es einander zu beweisen, dass sie auch ohne einander zur Leidenschaft fähig sind. Vielleicht war das vorbildliche Dreieck für Majakowskij doch nur ein Kompromiss, weil er die Ausschließlichkeit in der Liebe mit Lilja ersehnte: Sie »war ihm Glück und Unglück zugleich, weil er vom ersten Augenblick an wußte, daß sie niemals seinetwegen ihren Gatten Ossip Maximowitsch verlassen werde.«[12]

Entgegen allen Anzeichen beziehen die drei 1927 eine neue Wohnung in der Moskauer Gendrikovgasse – inzwischen bringt der einstige Hungerleider, den die Briks durchgefüttert hatten, das Geld nach Hause. Er behält sein separates Arbeitszimmer, wo er nicht nur Gedichte verfasst, sondern hin und wieder auch Frauen empfängt. Lilja bleibt jedoch nach wie vor Majakowskijs engste Vertraute.

Im Oktober 1928 reist er nach Paris. Tatjana Jakovlevna ist eine achtzehnjährige Weißrussin. Nur eine weitere Affäre, denkt Lilja. Grund zur Beunruhigung besteht erst, als Majakowskij der neuen Liebe Gedichte widmet, eine Ehre, die bislang allein Lilja zuteil geworden war. Im Frühjahr 1929 formuliert er erneut einen Heiratsantrag. Nach einigem Hin und Her lehnt Tatjana ab, vielleicht aus Angst, an Majakowskijs Seite in die Sowjetunion zurückkehren zu müssen, vielleicht, weil sie ahnt, welche Macht die Frau, die in Moskau lebt, über ihn hat. Die Briks jedenfalls machen keine Anstalten, ihm bei der Beschaffung eines Visums für ›die Neue‹

behilflich zu sein, was ihnen nicht schwergefallen wäre. Dies ist ein neuer, geradezu despotischer Zug an dem Dreiecksverhältnis, dessen Zerbrechen auch ein Scheitern des modernen Gemeinschaftsideals gewesen wäre.

Majakowskij sucht nach einer verbindlichen Form des Zusammenseins, die Lilja ihm nicht gibt: Nach Natalja und Tatjana ist es Veronika Polonskaja, um deren Hand er anhält, eine Freundin von Lilja, die eine Rolle in ihrem Film *Das Glasauge* spielt.

Das Ende jeglicher individueller Entwicklung in der Kunst ist besiegelt; die Sowjetunion steuert auf ein totalitäres Regime zu. Sein Schriftverkehr mit Behörden und Staatsverlagen, die ihn ohne ersichtlichen Grund hinhalten, Manuskripte weder wie angekündigt drucken noch zurückgeben, liest sich wie eine Chronik von Enttäuschungen und Desillusionierungen.

Im April 1930 sind die Briks wieder einmal in Berlin. »Es läßt sich nur als Zufallsverhängnis werten, daß gerade in jenem Frühling, da der Poet die beiden Freunde am meisten brauchte, sich eine geografische Distanz zwischen sie legte.«[13] Ossip berichtet später: »Am 15. April morgens waren wir in Berlin angekommen und hatten uns wie üblich zur Kurfürstenstraße, ins Kurfürstenhotel begeben, freundlich empfangen von der Wirtin und dem Hündchen Schneidt. Der Portier übergab uns Briefe und ein Telegramm aus Moskau. ›Von Wolodja‹, sagte ich, und steckte es ungeöffnet in die Tasche. Wir fuhren mit dem Fahrstuhl nach oben, packten aus, und dann erst öffnete ich das Telegramm.«[14] Die Nacht auf den 15. April verbringt Majakowskij mit Veronika, die ihn trotz seiner Bitte zu bleiben am Morgen verlässt.

Mit einem Revolver erschießt er sich in seinem Arbeitszimmer. Niemals seit ihrer ersten Begegnung hatte der Dreibund versagt.

Ossip Brik: »Am 17. morgens erreichten wir Moskau. – Der Sarg stand im Schriftstellerverband. – Große Menschenmengen kamen, um von Wolodja Abschied zu nehmen. – Alle waren sehr erregt. Niemand hatte es für möglich gehalten, daß Majakowskij sich erschießen könnte.«[15]

Doch für Majakowskij waren Arbeit und Liebe untrennbar miteinander verbunden. In seinem Tagebuch konnte man schon 1923 lesen: »Die Liebe ist das Leben, ist das Wesentliche. Aus ihr entfalten sich die Verse, die Taten und alles übrige. Die Liebe ist das Herz des Ganzen. Sobald dieses seine Arbeit einstellt, stirbt alles übrige ab, wird überflüssig, unnütz. Doch solange das Herz arbeitet, kann es nicht umhin, sich in allem und jedem zu offenbaren ... Setzt aber die ›Tätigkeit‹ aus, bin ich tot.«[16] Der Melancholiker, der durch den Glauben an die revolutionären Ideale in Atem gehalten wurde, war zu sich gekommen und hatte erkannt, dass es in der Sowjetunion, so wie sie jetzt aussah, nichts mehr für ihn zu tun gab. Majakowskij zählte sechsunddreißig Jahre. Der Kreis der Enttäuschungen in der Liebe – zu einem Menschen und zu den Menschen – hatte sich geschlossen. Sein Abschiedsbrief liest sich wie ein Vermächtnis:

> »Lilja, liebe mich.
> Genosse Regierung, meine Familie sind: Lilja Brick, meine Mama, die Schwestern und Veronika Witoldowna Polonskaja. Wenn Du ihnen ein erträgliches Leben bereiten magst, sage ich Dank.

Begonnene Gedichte sind den Bricks zu übergeben,
sie werden sich darin zurechtfinden.
Der Zwischenfall ist,
wie man sagt,
bereinigt;
das Liebesboot
mußte am Dasein zerbrechen.
Bin quitt mit dem Leben.
Unnütz und peinlich,
von wechselseitiger
Kränkung
zu sprechen.
Laßt, die ihr bleibt, es euch gut gehen.
Wladimir Majakowskij«[17]

»Die Bricks hatten es vermocht, Majakowskij aus den übelsten Trivialitäten des Tages herauszuhalten. Als hätte hier ein Ratschluss all seiner Lebensgeister gewaltet, so war ihm in *einer* einzigen Frau als Vertreterin *aller* Frauen der ideale Kamerad und Vertraute erwachsen, der ihn verstand wie keiner: Lilja Jurjewna.«[18] Aus dem letzten Akt zu Ehren des Dichters macht sie eine Familienangelegenheit: Sie untersagt Veronika, zur Beerdigung zu erscheinen. Durch Liebesgedichte ist das Paar Lilja-Majakowskij für immer verbunden.

Obwohl beide neue Bindungen eingehen, weicht Ossip Brik nicht von Liljas Seite, was jeder der neuen Ehepartner akzeptieren muss. Er tröstet sie über die Schicksalsschläge hinweg, und als Lilja 1938 Wassilij Katanjan heiratet, beziehen sie wieder zu dritt ein- und dieselbe Wohnung.

Ossip Brik erliegt im Februar 1945 einem Herzinfarkt. »Als Ossip starb, da bin ich gestorben!«, sagt Lilja zu ihrem Sohn.[19] Zwischen Liljas beiden Toden lagen noch einige, aufgrund der politischen Ereignisse in Stalins Totalstaat schwierige, entbehrungsreiche Jahre: Sie nahm sich am 7. August 1978 mit siebenundachtzig Jahren mit Schlafmitteln das Leben.

Eine Spielzeit zu dritt

Klaus und Erika Mann –
Pamela Wedekind

Abb.: Erika und Klaus Mann mit Pamela Wedekind (v. l.)

Klaus und Erika Mann begegnen Pamela Wedekind, der älteren der beiden Töchter des Dramatikers Frank Wedekind, im Haus von Onkel und Tante, Heinrich und Mimi Mann, die regelmäßig opulente Teegesellschaften für die Münchner Bohème geben. Pamela taucht eines Tages zusammen mit ihrer Mutter Tilly auf. Für die achtzehn- und neunzehnjährigen Kinder war ein Katzentisch gedeckt, an dem sie verkrampft vor ihren Kuchentellern saßen, bis das Zauberwort Odenwaldschule fiel. Pamela hat sie 1921, ein Jahr vor Klaus und Erika besucht, und plötzlich erinnern sich die Geschwister an die tollsten Geschichten und Gerüchte. Das Eis ist gebrochen. Wer die Odenwaldschule oder ein anderes der in den 20er Jahren gegründeten reformpädagogischen Erziehungsinstitute besuchte, wusste sich einer auserwählten Gemeinschaft junger Menschen zugehörig. Individualität wurde dort gefördert, Mädchen und Jungen nannten sich ›Kameraden‹, man lebte als ›Familie‹.

»Ein paar Tage später sahen wir sie wieder. Dann immer öfter. Eine lange Zeit der großen Freundschaft und der großen Liebe begann.«[1] Da ist Klaus auch schon beim Wir: Wo er auftaucht, ist Erika nicht weit. Wer mit Klaus befreundet sein will, muss auch Erika akzeptieren und umgekehrt. »Pamela wurde bald unsere beste Freundin; sie war unzertrennlich von Erika und mir.«[2]

Klaus und Erika sind die beiden Ältesten von Thomas und Katia Mann. Sie werden für Zwillinge gehalten, Erika geht oft als Junge durch. »Wir haben unsere eigenen Gesetze und Tabus, unseren Jargon, unsere Lieder, unsere willkürlichen, aber intensiven Vorlieben und Aversionen. Wir genügen uns, wir sind autark.«[3] Sie stromern durch den Englischen Garten und foppen die Spaziergänger, willkommenes Publikum für die exzentrischen Kinder, denen klar ist, dass jeder weiß, wessen Sprösslinge sie sind. Sieglind und Siegmund heißt das Geschwisterpaar aus Thomas Manns Novelle *Wälsungenblut*, veröffentlicht 1906, in Klaus' Geburtsjahr, und zunächst auf den Index gesetzt. Nach dem Besuch einer Wagneroper lassen sich Sieglind und Siegmund im Salon des Elternhauses nieder. Die Luft knistert, als sich die Schwester zum Bruder hinunterbeugt. Des Vaters Geschichten sind keine Regieanweisungen für die Realität, aber die beschworenen Bilder lassen die Wirklichkeit wanken. Tilly Wedekind ist kaum entzückt, als Pamela sich mit Klaus und Erika anfreundet. »Die beiden ältesten Kinder Thomas Manns waren reizend und außerordentlich amüsant. Aber sie schienen mir mit allen Wassern gewaschen, und das wollten sie wohl auch sein. Sie legten es darauf an und freuten sich, wenn man frappiert war. Sie hatten schon ungefähr alles gelesen und waren kritisch und skeptisch. Klaus, ein paar Monate älter als Pamela, trug sein lockiges Haar halblang, und gelegentlich war er auch etwas gepudert und geschminkt – also seiner Zeit weit voraus, denn heute findet man nichts dabei, aber damals wirkte er einigermaßen sensationell.«[4] Thomas Mann wiederum fand Pamela manieriert. Schon mit Frank Wedekind hatte er nicht warm werden können. Das gedichtete, ruchlose Tantenschlachten des zynischen Dramatikers vertrug sich schlecht mit dem ironischen Humanismus des Romanciers, wenngleich beide Männer mit ihrem Schreiben dem Bürgertum einen Spiegel vorhielten.

Bei den Wedekinds war es schon immer zugegangen wie beim fahrenden Volk – von streng geregeltem Tagesrhythmus wie bei den Manns keine Spur. Die Eltern musizierten mit den Töchtern, die sich gegenseitig artistische Glanzstückchen beibrachten, sie balancierten auf glitzernden Kugeln und Laufrädern. Wedekind »erzählte den Kindern von seiner eigenen Kindheit auf Schloss Lenzburg, und er verheimlichte ihnen nicht sein Misstrauen gegen Ehrgeiz und offizielle Autorität. Als Annapamela stolz mit einem glänzenden Schulzeugnis nach Hause kam, sagte er: ›Ich habe in der Schule immer nur lauter Vierer gehabt.‹«[5] Nach dem Tod des Vaters im Jahr 1918 »fing Pamela jeden Abend zu weinen an«.[6] Das Zimmer des Dramatikers ist Bühne und Museum zugleich, Kulisse für die Schriftstellerkinder: Klaus und Erika hören andächtig zu, wie Pamela mit einer Stimme »von metallischer Schärfe, die guttrainierte, penetrante Stimme der ehrgeizigen jungen Bühnenkünstlerin«[7], die Lieder ihres Vaters singt, dessen Totenmaske über ihr wacht. Für Klaus ist Pamela die »verjüngte Wiederholung der väterlichen strengen Miene«, das »stolze Haupt eines Renaissance-Jünglings.«[8] Klaus, der begierig alles überformte Leben zu seiner Sache macht, ist hingerissen: »Mit einem Pflichtbewusstsein, das mich immer erschüttert hat, erfüllte sie alle ethischen Postulate, die von ihrem großen Vater auf sie gekommen waren. Was grell und künstlich in ihrem Wesen schien, erklärte sich mir immer durch ihre pathetisch stolze und demutsvolle Bindung nach rückwärts, zum Vater.«[9] Pamelas

Inszenierungen spielten Klaus Empfindungen zu, die er mit Liebe verwechselte, vermisste Werte wurden durch die Pose wettgemacht, die man sich von den Erwachsenen abguckte. Als Frau machte er sie unschädlich: Sie war nicht nur der bewunderte Wedekind, sondern als Renaissance-Jüngling bereits Ikone eines homosexuellen Bilderfundus. Eine Freundschaft auf höchster Ebene, sozusagen unter Thronfolgern, ist geknüpft. Das Dreieck erlebt sich rauschhaft. Einmal, als Klaus im geliehenen Frack, Erika und Pamela »in besonders wunderlichem Abendputze« bei einer feinen Gesellschaft aufkreuzen, »fragten uns die Kellner, ob wir Artisten seien, die direkt von der ›Arbeit‹ kämen. Wir umarmten den Ober vor Freude, ich erkundigte mich, ob er uneheliche Kinder habe (an etwas Legales mochte ich nicht denken).«[10] Wenn Klaus und Pamela lasziv auf Festen tanzten, er in einer damals hochmodischen Russenbluse, sie auffällig allein durch ihre große Nase und den grellrot geschminkten Mund, dann »wußte niemand mehr im Saale, was er denken sollte.«[11]

Heitere Exzentrizität kippt bei Pamela oft jäh in Depression um. »Soeben hatte sie noch gefunkelt und geträllert, da warf sie plötzlich das Gesicht in die Hände und ward geschüttelt vom jähen Weinkrampf. [...] ›Es ist wegen Papa‹, stammelte sie. ›Er ist doch tot ... Und wir lachen hier, in seinem Arbeitszimmer ... Ich halt's nicht aus ... es bringt mich um den Verstand ... daß er tot ist ...‹ – Und sie bedeckte ihr Gesicht wieder mit beiden Händen. [...] Es war gelegentlich eines solchen Ausbruchs, daß mir zum erstenmal die sonderbare Bildung ihrer Hände auffiel. [...] Ja, dies war die Hand Frank Wedekinds, die schwere, ungeschickte, tragisch brutale Hand der Spaßmacher und Philosophen, der priesterlichen Clowns und burlesken Prediger, die er in seinem Werk beschworen und auf der Bühne selbst verkörpert hatte. [...]. Ich fragte sie: ›Willst du mich heiraten?‹«[12]

Heiraten: kein Zugeständnis an bürgerliche Konventionen, im Gegenteil, dem einstigen Odenwaldschüler ist die ›Heiratsepidemie‹, wie Klaus es nennt, Ausdruck des rebellischen Zeitgeistes. Nicht die Unvereinbarkeit der Ehe mit der Liebe wurde behauptet, sondern die Unvereinbarkeit der Liebe mit bestehenden Ordnungen. Die aber, nicht die Liebes-Anarchie der Ausschweifung, wurden händeringend gesucht. Schon Wedekinds dramatisches Grundmotiv waren die ins rein Materielle abgeglittenen Beziehungen zwischen Mann und Frau gewesen. Auf der Suche nach neuen Mustern dient die junge Sowjetunion als Vorbild, Paare werden – so das Ideal – durch den Glauben an die Revolution zusammengeschweißt. Ein anderes Modell liefern die USA: die Kameradschaftsehe: geistige und seelische Verbundenheit, unabhängig von Sexualität, frei von Besitzanspruch und traditionellen Geschlechterrollen. »Man spricht von ›Kameradschaftsehe‹, weil das rein Sexuelle in der Ehe vielleicht zurückgetreten ist. Das kann man auch anders abmachen.«[13] Das neue Ideal stemmte sich gegen die Trivialisierung der Geschlechterbeziehungen, genauso wie es das romantische Liebesideal auf den Boden freundschaftlicher Verbindung zu stellen gedachte. Die Prüderie eines solchen Modells kommt Klaus entgegen: So kann er seine Zuneigung zu Frauen und auch sein sexuelles Desinteresse am anderen Geschlecht in einer inszenierten Ehe unterbringen.

Klaus und Pamela verloben sich im Frühsommer 1924. »Wir meinten es ernst, höchstens sehr nebenbei aus Bluff und um die Leute zu schrecken. Die sensationslüsterne Gehässigkeit der Presse machte einen schlechten und lauen Witz aus der Tatsache, daß wir uns heiraten wollten.«[14] Tilly Wedekind ruft sofort bei der Zeitung an und lässt die Meldung dementieren. Thomas Mann hält die Angelegenheit für eine Kinderei und schreibt seinem Sohn: »Wenn Du doch nur ein bißchen älter wärest! Du bist halt gar so jung, das ist das Malheur!«[15]

Anfang September 1924 ist Klaus Theaterkritiker am Berliner Zwölfuhrmittagsblatt, taucht in die Subkultur der Stadt ein und kennt sich bald in den einschlägigen Bars aus. Sein erster Roman entsteht, *Der fromme Tanz,* erster deutscher Homosexuellenroman, der in die Literaturgeschichte eingegangen ist. Er widmet das Buch Pamela.

Flugs verfasst er auch ein Theaterstück, *Anja und Esther.* Die drei Protagonisten sind Zöglinge eines Heims für gefallene Kinder, dem Vorbild der freien Schulgemeinde nachempfunden. Altklug diskutieren die Pubertierenden über Liebe, Lust und Laster. Als der mondäne Erik im Internat aufkreuzt, herrscht Aufruhr. Er verliebt sich in Esther und sorgt für Liebeswirren einer Jugend ohne Orientierung und auf der Suche nach echtem Gefühl. Die Uraufführung findet im Oktober 1925 in München statt, Klaus, Erika und Pamela in den Hauptrollen. Diese Idee stammt von einem Vierten im Bunde: Gustaf Gründgens. »In einer seiner jähen, intensiven Launen verliebte er sich in mein Stück; vor allem reizte ihn die Idee, *Anja und Esther* mit Erika und

Pamela in den Titelrollen herauszubringen. Und ich, der Autor, sollte auch mitspielen, Gustaf hatte es sich in den Kopf gesetzt.«[16] Pamela steht, wie einst Tilly mit Frank, mit Klaus auf der Bühne. Thomas Mann bringen keine zehn Pferde in die Aufführung, das Drama sei eine ebenso frühreife Unternehmung wie die Verlobung.

Die Aufführung ist zwar ein Medienereignis, doch Klaus erntet für sein dramatisches Talent kaum Lorbeeren. »Dichterkinder spielen Theater!« spottet die *Berliner Illustrirte.*[17] *Anja und Esther* wird als ›lächerliches Sexualstückchen‹ apostrophiert. Wie Wedekinds *Frühlings Erwachen* wird sein Stück als unsittlich verfemt – für den jungen Dramatiker ist es ein Gütesiegel.

Wie auch immer, der gemeinsame Leumund festigt den Dreibund. Beflügelt von der Freude am gemeinsamen Spiel schreibt Klaus die *Revue zu Vieren* – auf Anhieb ein Misserfolg. Der Sensationseffekt des kreativen Komplotts dreier Dichterkinder hat sich verbraucht, die Spielzeit ist beendet. Auf der Bühne des Lebens wird sie noch ein wenig fortgeführt: Gustaf Gründgens und Erika Mann, mittlerweile Kollegen an den Hamburger Kammerspielen, heiraten im Juni 1926. Klaus schreibt an seine Braut: »Erika wußte das ›Ja‹-Wort melodisch vorzubringen, Zauberer und Klaus Pringsheim machten als Zeugen gute Figuren. Beim Abendessen sah Erika wie eine wunderschöne Iphigenie aus, mit strengem Kranze und verdunkeltem Blick.«[18] Als gälte es nicht, das Ehegelübde abzulegen, sondern die Aufnahmeprüfung in eine Schauspielschule zu bestehen! In Feldafing werden mittags Forellen verspeist, abends in der Poschingerstraße gefeiert. Klaus Pringsheim, Onkel der Braut, flirtet mit Gustaf, der, mit Smoking und Monokel, als Tänzer brilliert, derweil Erika, angetan mit Schleier und Myrte, mit Klaus über das Parkett gleitet, als seien Bruder und Schwester das eigentliche Hochzeitspaar.

Klaus offenbart Pamela nun seinerseits: »Ich möchte gerne, daß wir jetzt im Frühsommer auch heiraten. Ich halte den Zeitpunkt jetzt für gekommen.«[19] Die Wege zum Traualtar sind verschlungen. Erika rennt kreuz und quer durch München, um Papiere und Stempel zu beschaffen; auf dem Standesamt am Marienplatz erfährt sie, dass Klaus sich zunächst mündig sprechen lassen muss und verweist sie an das Vormundschaftsgericht am Mariahilfplatz. Der Besuch in den mit Aktenbergen verstopften Amtsräumen scheitert schon auf der Schwelle: Die Geschwister sind nicht angemeldet; Klaus handelt sich einen Rüffel ein, weil er die Hände salopp in den Hosentaschen behält. Der vorerst verhinderte Bräutigam will nun also die Volljährigkeit abwarten.

Carl Sternheim gehört, wie Frank Wedekind, zu den erfolgreichsten Dramatikern des frühen 20. Jahrhunderts. Er hat Gefallen an der jungen Schauspielerin Pamela gefunden und für sie die Rolle des Gespielen von *Oscar Wilde* in seinem neuen, gleichnamigen Stück vorgesehen. Es ist durchaus üblich, Hosenrollen an junge Schauspielerinnen zu vergeben, doch warum in aller Welt, fragt sich Tilly, muss Pamela einen jungen Mann spielen, der sich von einem anderen Mann verführen lässt? Also verweigert sie ihrem ambitionierten Kind die nötige elterliche Einwilligung. Das hindert Pamela nicht daran, sich aus einem Engagement in Berlin zu lösen und zu Sternheim nach Utwil am Starnberger See zu fahren.

So stehen die Dinge, als Klaus und Erika am 7. Oktober 1927 auf große Fahrt gehen. Die doch eher inszenierte Eheschließung mit dem homosexuellen Gründgens ist längst Vergangenheit, Erika ist wieder ganz für den Bruder da. Weihnachten feiern sie in Hollywood. Die schmale Reisekasse wird durch Honorare für Vorträge aufgefüllt, allerorten feiert man sie als ›literary Mann twins‹, was sie gern hören. Klaus hält sich durch die Lektüre deutscher Tageszeitungen auf dem Laufenden – fassungslos entdeckt er in den Gesellschaftsspalten die Nachricht von Pamelas und Sternheims Eheschließung. Klaus schreibt ihr postwendend: »Ich kann mir mit aller Phantasie nicht vorstellen, wie das zu Ende gehen soll, was Du hier so entschlossen angefangen hast (da ich mir irgendetwas sehr Unangenehmes nicht vorstellen *will*). Aber gerade aus diesem Angstgefühl merke ich, wieviel mir an Dir gelegen ist.«[20]

Die Begegnung der drei Freunde nach der Reise fällt frostig aus: Die frischgebackene Frau Sternheim repräsentiert in großer Toilette an der Seite ihres Gatten. Kaum tritt Klaus ein, hebt er zu einem Monolog über die schlaffe, unmoralische Jugend an. Pamela macht gute Miene zum bösen Spiel, doch ihrer Mutter schreibt sie verzweifelte Briefe. Sie wirft Klaus vor, sie sei für ihn austauschbar gewesen, er führt die Verlobung, *Anja und Esther* und die Widmung im *Frommen Tanz* als Gegenbeweis an. »Mein Interesse für Dich ist unauslöschlich; es ist ein Interesse, so tief, daß man es beinah Liebe nennen könnte.«[21] Doch in der Konstellation mit den Geschwistern blieb Pamela immer das Gegenüber eines Wir. Klaus will nicht wahrhaben, dass die Zeit ihrer Verbindung abgelaufen ist. Pamela spürt den Mangel: Klaus ist homosexuell und sie tritt die Flucht nach vorn an.

Rückblickend sieht Klaus 1925 als sein »bestes, erfolgreichstes Jahr«.[22] Das Dreieck bestand für ihn in einem Zwischenreich, auf der Schwelle vom Kind zum Erwachsenen, und barg noch alle Hoffnungen. Die romantischen Vorstellungen der Avantgarde entsprachen Klaus' persönlichsten Verschmelzungsphantasien. Die findet er sonst nur in der Literatur: »Zuerst liebesfähig werden, dann lernen, dass Geist und Körper eines sind«, zitiert er Novalis.[23] Das ist ausgerechnet in der Schwulenszene schwierig; Sex ist da zwar jederzeit zu haben, aber lindert mitnichten das Leiden an der inneren Leere, die Klaus nicht loswird. Er sucht Intensität in nächtlichen Abenteuern, auf dem Strich und in einschlägigen Bars, wo sie käuflich ist und kalt bleibt, eine Tröstung für den schnellen Moment. Klaus' Tragik lag darin, dass der Sexus Einzug ins kindliche Leben hielt, der Sexus eines Tages, einer Nacht. Er wusste um den Zusammenhang zwischen der fehlenden Erfüllung und der Geschwisterliebe. Sie war sein Ideal, aber auch sie litt einen Mangel: Sex kam in ihr nicht vor. Klaus schreibt im Tagebuch: »Die Chance einer wirklich glücklichen Verbindung – fällt aus. Die Chance des literarischen Ruhms in näherer Zeit für unsereins – fällt wahrscheinlich auch aus. Wenn ein Gift dastünde, würde ich *sicher* nicht zögern – wenn nicht E (und M.) wären. Durch sie gebunden. Aber immer gewisser, dass E's Tod sofort meinen nach sich zöge; dass mich auch die Arbeit dann nicht hielte. Übrigens keine Spur von Todesangst. Der Tod *kann* nur als Erlösung empfunden werden.«[24] Das Gift – die Drogen – steht längst da, noch dosiert er es. Am Ende aber siegt es über ihn: Klaus Mann nimmt sich am 21. Mai 1949 in Cannes das Leben.

»Wie ich leben soll«, schreibt Erika daraufhin an Pamela, »weiß ich noch nicht, weiß nur, daß ich muß; und bin doch gar nicht zu denken, ohne ihn«.[25] Die scheinbar Unerschütterliche stürzt sich weiterhin in die Arbeit und hat im Laufe ihres Lebens auch mehrere Beziehungen zu Frauen – unter anderem zu der Schriftstellerin Annemarie Schwarzenbach und zu der Schauspielerin Therese Giehse. Klaus Mann bekennt noch vorher in *Kind dieser Zeit* »Pamela, Erika und ich: dieses Bündnis, das uns so lange unzerstörbar schien, war vielleicht die schönste und aussichtsreichste Konstellation in unserem Leben«[26]. Dass er zeitlebens an diesem zum Scheitern verurteilten Beziehungsideal festhielt, drückt das ganze Dilemma der Avantgarden aus, deren Träume von einer neuen gesellschaftlichen Ordnung nicht erfüllt wurden.

»Mann, hast schon gelernt, bis drei zu zählen?«[1]

Raoul Hausmann – Hedwig Mankiewitz – Vera Broïdo

Abb.: Hedwig Mankiewitz, Raoul Hausmann, Vera Broïdo (v. l.)
(August Sander: *Die Künstlerehe*)

»Da denk ich mir einen großen Song der Frau von der Sehnsucht nach dem Leben und der Verlassenheit in der Ehe. Weiter bin ich noch nicht, aber wir können das ja zusammen überlegen.«[2]

Eine großangelegte Überlegung über Mann und Frau und das harmonische, zeitgemäße Zusammensein der Geschlechter ist das Romanprojekt *Hyle.* Sein Autor: der selbsternannte Dadasoph Raoul Hausmann. Ein Vierteljahrhundert wird er an der Geschichte des Künstlerehepaars Merz und Gal schreiben, die der jungen Ara begegnen. *Hyle* – das ist das griechische Wort für ›Stoff‹, »nach Aristoteles das gänzlich Ungeformte, und der Autor Hausmann knetet und zerreißt den Stoff seiner Erinnerung und formt ihn neu zur fiktionalen Collage, in der zahlreiche Fakten ineinandermontiert sind«.[3] Der rote Faden des Romans ist in der Tat hochautobiografisch, denn seine Handlung beginnt, ganz wie im richtigen Leben, im Juni 1926 und endet – wie so viele Geschichten aus Deutschland – 1933, im März. In der Figur Merz erkennt man den Autor selbst, in Gal seine Ehefrau Hedwig Mankiewitz, und Ara, das ist die attraktive junge Russin Vera Broïdo.

Berlin im Jahre 1927: Ein Jahrzehnt, in dem der Dadaismus auch in der deutschen Metropole die Kunstszene durcheinander wirbelt, neigt sich fast schon dem Ende zu. Raoul Hausmann, Richard Huelsenbeck und Johannes Baader sind die führenden Köpfe der Bewegung, die aus Zürich nach Berlin herüberweht und sich bald auch international ausbreitet. Nicht zu vergessen eine Frau zwischen all den Akteuren, Hannah Höch, die mit Collagen und skurrilen Puppen ihren Part zur Bilderwelt des Dada beiträgt. Im Berlin jener Zeit wird viel russisch gesprochen, es treibt all jene Russen hierher, die vor Verfolgung fliehen müssen, weil die Revolution, die zunächst als Heraufkunft einer neuen Gesellschaft begrüßt wurde, in eine Diktatur umschlägt. Eine der Emigrantinnen ist Vera Broïdo, die mit ihren Eltern Eva und Mark Broïdo, in der Sowjetunion verfolgten Menschewisten, seit ihrem dreizehnten Lebensjahr in Berlin lebt. Sie ist neunzehn, als sie auf einem Künstlerfest auf Raoul Hausmann trifft – oder er auf sie, die hochgewachsene, löwenmähnige, sommersprossige Ara seiner Dreiecksfantasie, eine eigenwillige Schönheit. »Er war untersetzt, mit einem kurzen Hals auf breiten Schultern, und keineswegs hübsch. Sein Monokel mochte ich ebensowenig wie den übertriebenen Schnitt seiner Kleidung. Ich fand, daß er etwas Großspuriges und Pfauenhaftes an sich hatte. Doch der Mann hatte Ausstrahlung, er war ein guter Redner und zog die Anwesenden in seinen Bann. Ich saß in einer Ecke und versuchte die Eindrücke zu sortieren, als Hausmann und seine Frau im Begriff waren zu gehen. Er kam zu mir und machte mir ein höchst unerwartetes Angebot. Er sagte, sie würden in ein paar Tagen in den Urlaub fahren, ob ich nicht mitkommen wolle. Das Angebot war wunderbar und hätte zu keinem besseren Zeitpunkt kommen können. Ich brauchte Urlaub und war nicht an Berlin gebunden. So reiste ich also ein paar Tage später mit den Hausmanns nach Kampen auf der friesischen Insel Sylt.«[4]

Es geht Hausmann aber nicht nur um schlichte Reisebegleitung oder eine Gruppenreise zu dritt. Er möchte den Ernstfall proben, den einer Ehe zu dritt, die als Alternative zur bürgerlichen Ehe gerade im Schwange ist und die sein Vorbild, der Schriftsteller Franz Jung, eine Weile mit seiner Frau Margot und Cläre Oehring gelebt hatte. Hausmanns Bewunderung gilt auch den Schriften von Otto Gross, der einer der Vorreiter der sexuellen Revolution ist. Auch Hausmann schreibt seine eigenen Ansichten – die eher autoritär als avantgardistisch sind – in sozialromantischen Essays nieder, etwa *Zur Auflösung des bürgerlichen Frauentyps.* Er trommelt zum Aufbruch aus der herkömmlichen Vaterrechtsfamilie – ohne zu bedenken, dass die Zeichen der Zeit trotz aller fortschrittlichen Entwicklungen noch immer auf Unsicherheit für eine nichtverheiratete Frau stehen. Und auch hatte Hausmann, bevor er mit Hedwig und Vera nach Sylt aufbricht, schon einmal eine Ehe zu dritt arrangiert, zusammen mit seiner ersten Ehefrau Elfriede Schaeffer, einer Geigerin, und der Dada-Mitstreiterin Hannah Höch.

Kurze Rückblende: Im April 1915 hatte Raoul Hausmann Hannah Höch kennengelernt. Er schlug ihr zunächst eine gemeinsame Arbeit vor, und nicht nur das: Hausmann schwebte schon gemeinsam mit Hannah Höch eine »Theokratie der menschlichen Dreieinigkeit Mann-Weib-Kind«[5] vor. Für Ehefrau Elfriede war stillschweigend die mütterliche Rolle vorgesehen, während die Dada-Mitstreiterin die der kindlichen Geliebten zugeteilt bekam. Der Beziehungs-Regisseur Hausmann glaubte, dass er mit seinem Drehbuch eine neue Liebes- und Lebensform erzwingen könne, indem er es den

Gefühlen aufstülpte – doch die Frauen spielten nicht mit. Hannah Höch forderte seine ausschließliche Liebe, und Hausmann wollte nicht verstehen, warum sie kein Privileg darin sah, eine Beziehung jenseits der herrschenden Konventionen führen zu dürfen. So nahm sie kritisch Stellung zu einem Roman von Franz Jung, *Der Sprung aus der Welt* (1918), den ihr höchstwahrscheinlich der Geliebte selbst, Hausmann, ans Herz gelegt hatte: »Und was sagt mir das Leben und die Dichtung Jungs? Bin ich nicht mit Fleisch und Blut durch diese Qualen geschritten? Ich weiß, ich brauchte nicht noch einmal zu hören, wie drei schwache Menschen sich ziellos quälen – denn dies ist ihre Schwäche, ziellos – denn das Ziel *will* ja gar *keiner* erreichen. Jeder ist furchtbar egoistisch, noch immer, alle lügen auch dort. Wenn einer ginge ... wirklich ginge ... gütig *liebevoll,* verflucht müßten dann die zwei Andern sein, wenn sie nicht soviel Kraft aufbrächten, ein Leben *zusammen* zu leben. Aber zu Dritt geht es nicht.«[6]

In einer Flut von Briefen bedrängte Hannah Höch Raoul Hausmann, sich von seiner Frau zu trennen; er antwortete ihr vor allem mit Grobheiten. »Hannah Höch verkörpert eine sehr seltsame Episode im Leben Hausmanns. Er hat mir erzählt«, schreibt Vera Broïdo, »daß er für keinen anderen Menschen so starke Gefühle gehabt habe wie für sie. Sie habe ihn aber derart in Anspruch genommen, daß es ihm nicht gelungen sei, sie und seine schöpferische Arbeit miteinander in Einklang zu bringen.«[7] Als dic Beziehung Höch-Hausmann zerbricht, ist auch über die Ehe mit Elfriede der Stab gebrochen, so als besitze das Beziehungsgefüge nur als Ganzes, ein Mann mit zwei Frauen, Gültigkeit.

Nach Trennung und Scheidung, im Februar 1923, heiratet Raoul Hausmann die dreißigjährige Malerin Hedwig Mankiewitz, sie gehört zur Künstlergruppe ›Die Kommune‹. »Frohe! Geliebte!/ Du musst mir Kamerad sein/ In kommender, noch erst geahnter Arbeit!«, schreibt er ihr in einem Liebesgedicht.[8] Neue Gattin, neue Geliebte, nur Raoul Hausmann scheint, fünf Jahre weiter und eigentlich um ein paar Erfahrungen reicher, ganz der Alte zu sein, als er die noch ahnungslose Vera Broïdo nach Sylt einlädt. »Als ich den Hausmanns unbekümmert zusagte, daß ich mit ihnen verreisen würde«, so Vera Broïdo, »wußte ich nicht, daß ich in eine *ménage à trois* geraten würde. Ich verstand nicht einmal, daß Raoul mich zur Geliebten haben wollte – schließlich war er doppelt so alt wie ich. Zunächst war ich fassungslos und fühlte mich unbehaglich. Doch seine Frau Heta [d.i. Hedwig] begegnete mir mehr als freundlich. Sie war eine sanfte, schweigsame Frau, die sich so sehr mit ihrem Mann identifizierte, daß sie wollte, was er wollte. Und zu jenem Zeitpunkt wollte er mich, und sie unternahm deshalb alles, damit ich blieb. Ihr über die Jahre stets wiederkehrender Satz lautete: ›Er *braucht* dich …‹«[9]

Verliebt klingen Vera Broïdos Schilderungen nicht, jedenfalls nicht auf Anhieb. Vielmehr fühlt sie sich geschmeichelt, dass ein relativ bekannter und Aufsehen erregender Künstler wie Hausmann ausgerechnet auf sie zukommt. Mit dem ersten Urlaub auf Sylt erweist sich jedoch – was ja keine Selbstverständlichkeit ist – das Zusammensein für die junge Russin als recht angenehm: »Ich blieb und entwickelte sogar ein gewisses Engagement, als wäre ich einen Vertrag eingegangen, der genauso bindend war wie ein Ehevertrag.«[10]

In die gemeinsame Dreizimmerwohnung der Eheleute zieht nach der Rückkehr aus dem Urlaub auch Vera Broïdo ein, nun die Dritte im Bunde. Hausmann ist vierzig, seine Frau sechsunddreißig, Vera neunzehn Jahre alt – tatsächlich könnte sie fast das Kind des Paares sein. Hausmann, der die fehlende Begeisterung seiner duldenden Ehefrau nicht verstehen kann, löst die Situation nur künstlerisch: Er beklagt in *Hyle,* dem Text, den er parallel zur neuen Dreiecksbeziehung schreibt, dass seine Frau Hedwig, genannt ›die Kleine‹, am meisten verliere. »Dem lauten Lebenswillen der Beiden setzt sie nichts entgegen als grade Mittun, Uebersichbestimmenlassen, Schweigen. […] So scheint das gemeinsame Leben im besten Gange, so scheint es: und ist doch erfüllt von unachtsamer Unwahrheit. Täglich neu begraben, überwuchert von gutem Wollen.«[11]

Raoul Hausmann lässt dennoch weiter die Puppen tanzen. Der selbstherrliche ›Panarchos‹, wie er sich selber nennt, will nicht wahrhaben, wie sehr seine ins Leben getragenen Beziehungsvisionen auf die Erfüllung der eigenen egoistischen Wünsche abgestimmt sind. Das eifersüchtige Leiden mindestens einer der Frauen im Dreieck seiner persönlichen Geometrie legt er kurzerhand als ein weibliches Verhaftetsein in überkommenen Denkstrukturen aus. In seiner Radikalität führt er seine avantgardistische These ins Feld, statt auf die tatsächlichen Bedürfnisse der Frauen einzugehen, die ihn flankieren. Die Dadaisten wollten bürgerliche Denkweisen und Moralvorstellungen zerstören. Sie wollten mit ihren Aktionen, ihren Sprach- und Bildzerlegungen, den Lautgedichten und Collagen, den Bruch mit der Geschichte bewirken und zu einer vollkommen neuen Lebensweise führen. Doch innerhalb einer Ehe Vorreiter zu sein, wie in der Kunst, das ist nahezu menschenunmöglich. Als Hausmanns erste Frau Elfriede zu einem Besuch nach Jershöft eingeladen wird, schreibt sie dem Ex-Gatten im Nachhinein einen bitteren Brief: »Ihr lebt mit einer unerhörten Selbstherrlichkeit Eure Liebe von dreien nein eigentlich zu zweien vor. Das könnte mich ja nichts angehen, wenn ich nicht einmal selbst da dringestanden hätte mit allen Fasern, und nun nach und nach so abgedrängt worden bin, daß ich eigentlich überhaupt nicht mehr weiß, wo ich eigentlich hingehöre. Ich kann es nicht zulassen, daß der Mann einzig die erotische und die erzieherisch herrschende Rolle übernimmt ...«[12]

Zu den liebgewordenen Ritualen des Trios gehören die Aufenthalte am Meer, wo alles begann. Sylt in der Nordsee und Jershöft an der ostpommerschen Ostseeküste sind die maritimen Reiseziele. Am Strand und in der Sonne entstehen etliche Aktaufnahmen, die Hausmann, der nach dem Ende von Dada eine Karriere als Fotograf begonnen hat, mit seiner Rolleiflex von der russischen Geliebten macht. Doch schon im Sommer 1932 muss der Avantgarde-Vorkämpfer, der gleich zwei jüdische Frauen an seiner Seite und selber jüdische Wurzeln hat, am eigenen Leib und aus eigener Sicht erfahren, welche Zeiten angebrochen sind. Er schildert Elfriede, die er wie hier in seiner Zählweise offenbar immer noch auf der Rechnung hat, eine Schlägerei mit Dorfjugendlichen: »Aber die Herren Lümmels haben [...] gesagt, sie haßten mich schon lange wegen meiner 3 Frauen und außerdem müßten alle Juden verschwinden. Das ist übrigens Dorfmeinung. [...] na, ich denke, wir waren das letzte Mal in Pommern.«[13]

Dennoch, auch nach Hitlers Machtübernahme hat Hausmann eigentlich nicht vor, Deutschland dauerhaft zu verlassen – wie so viele Menschen täuscht er sich über die Tragweite der Veränderungen im Lande, sodass Vera Broïdo schreibt: »Wir planten lediglich etwas längere Sommerferien als gewöhnlich, und wir nahmen nur das mit, was wir dafür brauchten. Die meisten unserer Habseligkeiten ließen wir zurück, auch Bücher und Schallplatten. Raoul Hausmann ließ Unmengen von Photos zurück. Ich erinnere mich, daß er zu mir sagte, er könne nicht alle mitnehmen, es seien Tausende. ›Nur von dir habe ich ganze dreitausend dabei.‹«[14]

Raoul, Hedwig und Vera fahren am 9. März 1933 zu dritt nach Ibiza, wozu ihnen Bekannte aus Sylter Tagen geraten hatten, und verlieben sich auf Anhieb in die Baleareninsel, in die weißen, kubisch ineinandergeschachtelten Häuser, in die ursprüngliche Art der Inselbewohner, die Flora und Fauna. Für den emsigen Motivsucher Hausmann ist Ibiza eine Schatzkammer – sein fotografisches Werk trägt hier reiche Früchte. Tatsächlich: ein friedliches Inseldasein, ein literarisches ›Traumsein‹. Als solches glückt auch für eine Weile die Ehe zu dritt, durch das geliebte Meer sind die drei Menschen abgeschieden von der Welt und weit entfernt von den Realitäten in Berlin, die in Gestalt von SS-Horden durch die Straßen ziehen und ihr einmal begonnenes Werk der Zerstörung unbeirrt und immer brutaler fortsetzen. Von den einstigen Freunden, sofern noch welche von ihnen in Deutschland geblieben sind, erfahren die Wahlinsulaner von Theaterschließungen und Enteignungen der bekannten Verlage, in denen noch vor kurzem ihre avantgardistischen Texte publiziert wurden. Die Spielwiese für ein Dreieck ist ein eigentümliches Inselchen innerhalb einer bedrohten Welt.

Schließlich ist es die Beziehungskonstruktion selbst, die für Vera Broïdo nicht mehr tragbar ist. »Er glaubte an die freie Liebe, aber die freie Liebe war immer für den Mann, nicht für die Frauen«, schreibt die über Neunzigjährige in ihren Erinnerungen.[15] Als sie Anstalten macht, die Hausmanns zu verlassen, stellen sich ihr beide in den Weg. Raoul will seine Geliebte nicht aufgeben, und Hedwig bangt beim Weggang der Muse um die Inspiration ihres Mannes. Derart in die Zange genommen, sieht sie einen Moment lang nur noch einen Ausweg: Selbstmord. Der Zufall in Gestalt eines jungen Spaniers, der ins Haus kommt, als sie bereits mit Tabletten hantiert, rettet sie. »Es war ein Leben so idyllisch, wie man es sich nur vorstellen konnte«, so Vera Broïdo im Nachhinein. »Diese Idylle brachte mir jedoch zu Bewußtsein, wie unvollkommen und falsch mein eigenes Leben war. Es war an der Zeit, mir endlich einzugestehen, daß ich einen Fehler begangen hatte. Im Frühsommer des Jahres 1934 verließ ich Ibiza und Raoul.«[16] Mit ihrem Bruder Daniel zusammen findet Vera Broïdo eine neue, eine dauerhafte Heimat in England.

Auch die Hausmanns bleiben nicht mehr allzu lange auf der lieblichen Baleareninsel. »Drei Personen kamen auf einem Schiff an. Drei Personen fuhren getrennt auf zwei Schiffen fort.«[17] Denn die harten Zeiten werden noch härter. Es wird für einen eigenwilligen Künstler wie Hausmann von Tag zu Tag schwieriger, in einem vom Faschismus infizierten Europa zu arbeiten. Es ist Hedwig, die beider Überleben rettet und die weitere Flucht – mit dem Verkauf ihres Schmucks. Die Odyssee führt über Neapel nach Prag, wo Hitlers Einmarsch im Juni 1938 erneut zum Aufbruch zwingt. Zürich, Paris, schließlich das kleine Peyrat-le-Château im Limousin, dem französischen Departement Haute-Vienne, wo das Paar bei der Familie Prevot untertauchen kann. Die Hausmanns gehen 1944 von dort nach Limoges; für das Einkommen, das mehr schlecht als recht zum Leben ausreicht, sorgt hauptsächlich Heta-Hedwig, bei der inzwischen eine starke Unterernährung festgestellt wird, sie gibt, wann immer sich die Gelegenheit bietet, Sprachunterricht. Und wieder, auch in dieser Lebenslage, sind die Eheleute nicht allein: Das Paar ist in Begleitung von Marthe Prevot, der einundzwanzigjährigen Tochter der Familie – und der neuen Geliebten im Leben des Raoul Hausmann, der die Zahl zwei, auf die er sich doch eigentlich stets verlassen kann, gern vergisst, aber immerhin ein Mann ist, der schon bis DREI zählen kann.

Liebesdelta, uferlos

Anaïs Nin – June und Henry Miller

Abb.: Anaïs Nin, Henry und June Miller (v. l.)

»Henry findet, daß mein Gehorsam gegenüber seinem sexuellen Begehren [...] die rechtmäßige Haltung der Frauen ist. So ist er Herr und Meister. Ich warte einfach. [...] Diesen Gehorsam hat aber nur eine Frau, die vom Herrn und Meister *befriedigt* wird. Und ich weiß, daß ich nicht allzu lange warten muß; ich kann mich auf diesen rastlosen, stets erregten Penis verlassen!«[1]

Ist das alles die Erfindung einer hoffnungslosen Erotomanin? Oder ist es das beneidenswerte Leben einer sexuell vollkommen erfüllten und befreiten Frau? Liebesnächte, allein, zu zweit, zu dritt – und manchmal auch zu viert, und das atemlos und ohne Pause – *Die Tagebücher der Anaïs Nin* sind das großangelegte Logbuch eines erotischen Lebens, in dem zwei Akteure niemals genug sind. Eine Frau erkundet sich selbst in der Liebe.

Anaïs Nin, Henry Miller, June Miller – drei Amerikaner in Paris. »Es ist kein Zufall«, schreibt Henry Miller, »daß es Menschen wie uns nach Paris treibt. Paris ist einfach eine künstliche Bühne, eine Drehbühne, die dem Zuschauer erlaubt, alle Phasen des Konfliktes zu verfolgen. Aus sich allein bewirkt Paris keine Dramen. Sie haben anderswo begonnen.«[2]

Henry Miller ist in den 1920er Jahren mitnichten der erfolgreiche Schriftsteller, zu dem er noch werden soll, als er 1931 in Paris eintrifft. Seine Frau June ist in New York geblieben, sie verdingt sich in Homosexuellenkneipen als Kellnerin, einer von mehreren Jobs, die ihr immerhin soviel Geld einbringen, dass sie Henry etwas davon schicken kann. June Mansfield, die Henry im Juni 1924 geheiratet hat, stammt aus einer jüdischen Familie aus Galizien, die 1907 – June war fünf – nach Amerika auswanderte, nach Brooklyn, New York. Viel Geld ist nicht da, June verdient ein paar Dollars als Eintänzerin am Broadway, statt weiter zur Schule zu gehen. Magisch angezogen ist sie von Männern, die die intellektuelle Aura des Schriftstellers ausstrahlen. Mit siebzehn begegnet ihr der Mann, den sie zu ›ihrem Dostojewski‹ machen will: der 1891 in New York geborene, ebenfalls in Brooklyn aufgewachsene Henry Miller. Er wiederum will in June eine Sex-Göttin sehen, die von der Bühne zu ihm hinunter gestiegen ist.

Anaïs Nin, die 1903 in Neuilly bei Paris geboren wird, posiert als Teenager in den Ateliers verschiedener Maler. Dem fremden, auf ihr ruhendem Blick zu gehorchen, das hat sie gelernt: Der Vater, Joaquin Nin, ein spanischer Pianist, schlägt seine Kinder und er missbraucht seine Tochter. Die kleine Anaïs muss sich von ihm beschimpfen lassen, sich anhören, wie hässlich sie sei – und sich anschließend nackt ausziehen, damit er sie fotografieren kann. Außerdem ist Joaquin ein notorischer Schürzenjäger. Die Mutter trennt sich von ihm und geht nach New York, als Anaïs zehn ist. Das Mädchen fühlt sich schuldig: Papa hat mich verlassen, weil ich ihm nicht wirklich gefügig gewesen bin ... Aus diesem Trauma erwächst für Anaïs eine lebenslange Bringschuld. Geliebt will sie sein – nicht von einem, von allen Männern, bei denen sie etwas in frühester Kindheit Verlorenes sucht. Brassaï, der Fotograf, Henry Millers Freund aus Pariser Tagen, wird das später so ausdrücken: »Durch das brüske Verschwinden ihres Vaters, den sie sehr liebte und der den heimatlichen Herd verlassen hatte, um den Röcken in der ganzen Welt nachzujagen, war sie völlig verstört worden. Sie fing mit elf Jahren an, ihr Elend ihrem *Tagebuch* anzuvertrauen, in der Hoffnung, daß diese Bekenntnisse ihren Vater erreichten und ihn veranlaßten, zur Familie zurückzukehren.«[3]

1923 heiratet Anaïs Hugh ›Hugo‹ Guiler. Die Hochzeit mit dem acht Jahre älteren Amerikaner aus gutem Hause führt sie 1925 zurück nach Paris, wo Guiler eine Position als Vizepräsident der First National Bank wahrnimmt und ein vornehmes altes Haus in Louveciennes, westlich von Paris, erwirbt. Anaïs' finanzielle Situation ist bestens gesichert – aber wie steht es um die emotionale, die sexuelle Seite der Ehe? Während der Gatte seiner verantwortungsvollen Tätigkeit bei der Bank nachgeht, sehnt sich Anaïs nach aufregenden Affären. Brav sieht sie aus, blickt aus großen unschuldigen Rehaugen in die Kamera, ein Zuckerpüppchen im Look der 20er Jahre. Und sie schreibt auf, was sie nicht leben kann. Wie schon als Schülerin bedeckt sie Seite um Seite ihres Tagebuches mit ihrer sorgfältigen Schrift, über vierzig Hefte hat sie vollgeschrieben, als die 20er Jahre sich ihrem Ende zuneigen. Eine werdende Autorin? Ihre Verbindungen zu den berühmten Pariser Literatenkreisen um Gertrude Stein oder Sartre und Beauvoir sind allerdings recht spärlich; inzwischen ist sie immerhin mit einem auf eigene Kosten gedruckten Essay über den kulturkritischen Autor D.H. Lawrence an die Öffentlichkeit getreten. Da erzählt ihr eines Tages Richard Osborne, Anwalt und Kollege von Hugh, der sich gern in Künstlerkreisen aufhält und mit einigen Künstlern beruflich wegen Urheberrechtsfragen zu tun hat, von einem gewissen Henry Miller, einem »genialen Fanatiker, den er beherbergte und der gerade dabei war, einen monumentalen Roman von über tausend Seiten zu schreiben und sich dabei vor allem mit Tabus beschäftigte, die man bislang in einem Roman tunlichst vermied«.[4] Miller beißt sich gerade an einem Prosatext mit dem Titel *Der Wendekreis des Krebses* die Zähne aus. Was Osborne der Frau seines Kollegen von Miller zitiert, erregt auf Anhieb ihr Interesse. Als er Miller wiederum Nins Lawrence-Essay vorlegt, zeigt dieser sich höchst angetan. Als das von Osborne gestiftete Treffen der lebenshungrigen Schöngeister bevorsteht, sind beide gespannt auf den jeweils anderen. »Noch nie hatte ich die Nachtigall gehört, ehe es sich traf, daß ich das verschlafene Dorf Louveciennes besuchte, wo Madame du Barry und Turgenjev einmal gelebt haben«, schreibt Henry Miller in seinen Erinnerungen an die Zeit in Frankreich.[5]

Wie zuvor June, ist auch Anaïs beeindruckt von dem großen Mann um die Vierzig mit der hohen, schon zum Kahlkopf tendierenden Denkerstirn. Und in der blonden June, die eines Tages aus New York eintrifft, sieht die brünette Anaïs ihr alter ego – aber nicht nur äußerlich: Anders als die brave Anaïs, ist June eine Lebedame, mit allen Wassern gewaschen, und unterhält ein recht unübersichtliches Netz an verschiedenen intimen Beziehungen zu Männern und Frauen. »Und erst die Stimme! Tief, schwer, vibrierend und provozierend, ähnlich der von Marlene Dietrich. [...] June gehörte sicherlich zu den mit Hochspannung geladenen Menschen. Sie liebte Orgien, Orgien des Gespräches, des Lärms, des Sex, der

Opfer, des Hasses und der Tränen.«[6] Anaïs ihrerseits ist zum Zeitpunkt der Begegnung mit den Millers noch so unbedarft, dass bei der Lektüre des Manuskripts vom *Wendekreis* »die obszönsten Stellen für sie ohne Sinn bleiben. Ihre Unkenntnis geniert sie vielmehr. Was wird Henry von ihr halten?«[7]

Für die sittsame Ehefrau aus Louveciennes ist jener Tag der Begegnung mit Miller im Oktober 1931 der Auftakt zu einer Initiation. Fortan pendelt Anaïs Nin zwischen Banker und Bohemien. Und es will ganz so scheinen, als habe sie es sich vom ersten Moment an zum Ziel gesetzt, mit Brio aus dem Kokon ihres Daseins zu schlüpfen und nicht nur einen Mann, sondern gleich ein komplettes Ehepaar zu verführen. Ihr armer Hugo, für den sie bereits eine Rolle im Quartett vorgesehen hat, macht zwar eine Weile mit, fühlt sich jedoch als fünftes Rad am Wagen. Weniger irritiert ihn dabei die Tatsache, dass ein anderer Mann im Spiel ist, als die, seine Ehefrau mit einer anderen Frau so intim und begehrlich zu sehen.

Henry Miller, zeitlebens passionierter Bordellbesucher, ist zunächst überrascht von der Leidenschaftlichkeit seiner neuen Geliebten. Sie findet Gefallen an einer Ekstase, die sie sich noch nie zuvor erlaubt hat. Je intensiver das Verhältnis beider wird, umso distanzierter ist dasjenige zwischen den Eheleuten aus Louveciennes. »Ich liebe June, und ich liebe dich«, schreibt Henry Miller bekennerhaft an Anaïs Nin. Die wiederum schreibt in ihr Tagebuch: »June ist mein Abenteuer und meine Leidenschaft, aber Henry ist meine große Liebe.« Vom Ehemann Hugo ist nicht mehr die Rede – und Geld ist tatsächlich bei weitem nicht alles.

Anaïs Nin schreibt nicht nur Briefe, sie führt regelmäßig Protokoll über den Fortschritt der Liebe zu dritt: Seite um Seite beschreibt sie das Dreieck, und eines Tages liest sie Henry ohne Umschweife daraus vor, um ihn eifersüchtig auf seine eigene Frau zu machen: Sie beschreibt den Liebesakt zwischen sich und June. »Dann lag sie über mir: ›Übrigens will ich dich ganz für mich allein, ich will dich nicht teilen.‹ [...] Sie küßte mich jetzt mit aller Gewalt.«[8] Die Briefe wiederum, die Henry ihr schreibt, lässt sie offen herumliegen, und es scheint für sie ein besonderer Reiz darin zu liegen, dass Hugo diese unweigerlich in die Finger bekommt und liest. Wenn der dann, angestachelt von eifersüchtiger Leidenschaft, in den Nächten hemmungslos über sie herfällt, lässt sie dies in masochistischer Hingabe über sich ergehen. »June und ich *›entladen‹* unseren Haß auf die Männer auf der Welt, wir beleidigen die Gesellschaft, die Konventionen, *die Menschheit.* Wir verschwistern uns, um unserer großen Enttäuschung Luft zu machen, nicht bei denen, die wir lieben, sondern bei Fremden, Symbolen.«[9] In einer Welt, in der die Männer bestimmen, bereitet es ihr eine geheime Lust, sie zu demütigen, indem sie ihnen zeigt, dass auch eine Frau ihre Konkurrentin im Bett sein kann, nicht nur Lustobjekt. Wenn ihr das dann gelungen ist, bereitet es Anaïs aufs Neue Lust: auf den zuvor indirekt gedemütigten Mann. Wie eine Unruhe in einer tickenden Uhr geht sie von einem zum anderen – zur anderen, vom Mann zur Frau und wieder zurück. Die Schwesternliebe birgt jedoch auch eine Art Hassliebe: »June ertrug nur schlecht diese bürgerliche, begüterte Frau, die – zumindest im materiellen und intellektuellen Bereich – einen wichtigeren Platz in

Millers Herzen eingenommen hatte als sie selbst. Und Anaïs ihrerseits konnte kaum ihre mit Bewunderung vermischte Eifersucht – und vielleicht sogar ihren Neid – auf dieses Objekt von Henrys großer Leidenschaft unterdrücken.«[10]

Ein ganzes Jahr lang, von Oktober 1931 bis Oktober 1932 läuft das Spiel auf Hochtouren. Es ist Anaïs' intensivste Zeit mit Henry Miller. Nicht nur sexuelle Höhenflüge, auch in der Kunst bricht man auf zu höheren Zielen: Miller, für den ein Tag, an dem er nichts geschrieben hat, ein wertloser Tag ist, verweigert sich jeder Lohnarbeit, immer wieder sind es die Frauen, die an ihn glauben und ihn unterstützen. Zuerst Junes Geld aus New York, in Paris dann ist Anaïs Millers Muse und Mäzenin, sie stellt ihm eine Schreibmaschine zur Verfügung und bezahlt den Druck seines ersten Buches.

Anaïs' ungeheurer Lebenshunger ist unstillbar. Dem Tagebuch offenbart sie: »Der Jazz heute Nacht brachte mich beinahe zum Orgasmus. *Partir!* Keine Pausen mehr im prallen Leben, keine toten Phasen mehr! Wie könnte ich heute Nacht in Louveciennes bleiben! Die Jagd nach Sublimierung. Ich ströme ins Schreiben hinein – aber ich dürste mehr denn je nach Leben.«[11] Louveciennes ist ein gutbürgerlicher und recht beschaulicher Ort, näher am ruhigen Versailles als am brodelnden Zentrum von Paris gelegen, wo Cafés, Theater und Varietés locken, vor allem am Fuße der Butte Montmartre, wo Laster und Vergnügen regieren. Die place de Clichy mit Moulin Rouge und den Bordellen und umliegenden Künstlerkneipen ist ein heißes Pflaster, der Vorort Clichy ist nicht weit.

Im März 1932 beginnen Henry Millers gar nicht so stille Tage in Clichy. Anaïs mietet für ihren Geliebten – nicht ohne Eigennutz – eine Wohnung im Pariser Norden, in einem recht neuen Wohnhaus im Art-Déco-Stil in der Nummer 4 der avenue Anatole France. Von dort aus unternimmt er seine Streifzüge in die Stadt. Hierhin pendelt Anaïs fortan aus Louveciennes. Dass es mit Millers Mitbewohner nun einen Zuhörer gibt, der die fortschreitende Erregung hinter der Zimmerwand akustisch verfolgen kann, ist für sie ein weiterer erotischer Anreiz. »Nin war eine geborene Dreiecksstifterin, die den Köder der Eifersucht auslegte, um zu verführen.«[12] Und room-mate Alfred Perlès ist ihr nächstes Liebes-Opfer: »In der kleinen Küche haben wir drei uns beinahe berührt. Henry kam herüber, um mich zu küssen, und Fred sah nicht hin. [...] Fred hatte Gefühle für mich und wünschte, woanders zu berühren, und während Henry mich küßte, wollte ich meine Hand ausstrecken und beide Liebhaber festhalten.«[13]

Bei einem von Anaïs' Besuchen in Millers Wohnung in Clichy trinken Henry und June derartige Mengen, dass sie nicht mehr in der Lage sind, aus eigener Kraft den Weg ins Bett zu finden; Anaïs verfrachtet sie schließlich dorthin und in Kleidern legt sie sich zu beiden in die Mitte. Am nächsten Morgen, bevor sie geht, findet sie eine Notiz von Fred Perlès vor: »Sie sind die einzige Frau, die ich liebe.«[14]

Alfred Perlès, auch er Schriftsteller und ein Wahlpariser aus Österreich, ist Henry Millers engster Freund während dessen Pariser Zeit: »Er war zu allem bereit, wenn es nötig schien, seine Freundschaft unter Beweis zu stellen. Ich sage: zu allem.«[15] Und weiter: »In allem war er der Clown, sogar in der Liebe. Er konnte mich zum Lachen bringen, wenn ich vor Wut kochte. [...] Die drei Hauptfragen, die wir einander bei jeder Begegnung stellten, lauteten: 1. Haben wir etwas zu essen? 2. Wie war die Puppe im Bett? 3. Schreibst du? Alles drehte sich um diese drei Bedürfnisse.«[16] Drei Bedürfnisse, drei Koordinaten im Dreieck: Essen – wie die Frage schon nahelegt, immer zuwenig. Schreiben – ganz erfolgreich, Miller vollendet 1932 seinen autobiografisch-essayistischen Roman *Wendekreis des Krebses.* Und dann die Bettgeschichten – die scheinen den Schriftsteller am meisten satt zu machen.

Nach einem Jahr intensivster Begegnungen, vor allem im Bett, empfindet Anaïs Henrys obsessive Geschlechtlichkeit zunehmend als einfältig. Sie wird des orgiastischen Liebeslebens vielleicht auch deshalb überdrüssig, weil es ihr dadurch nicht gelingt, sich vom Trauma durch den Vater zu befreien – ebensowenig wie durch das reine Schreiben. Was sie schließlich im Juni 1933 unternimmt und wovon sie sich Heilung verspricht, ist eine Ungeheuerlichkeit, ein Gewaltakt, ein Tabubruch, der moralisch ähnlich schwer geahndet wird wie Mord: Inzest. Sie trifft sich mit Joaquin in Valescure, einem kleinen Ort in Südfrankreich. Die Szene, die sich in einem Hotelzimmer abspielt, kommt einem Exorzismus nahe: »Da war sein ekstatisches Gesicht, und nun raste ich vor Lust, mich mit ihm zu vereinigen ... diese Wellenbewegungen, ich streichelte ihn, hielt ihn fest. Seine Erregung war ungeheuerlich, sein ganzer Körper war davon erfaßt. Er entließ alles von sich in mich hinein ...«[17]

Kann eine solche Rosskur gutgehen? Diesmal ist es zwar die Tochter, die abreist und den Vater verlässt, doch hat sie nicht den Teufel mit Beelzebub austreiben wollen? Wie schwer muss nun die Schuld auf Anaïs Nin lasten, jenes Gefühl der Schande, das Inzesttabu gebrochen zu haben – ein neues Trauma?

All dies sind Fragen, die möglicherweise durch jene junge Disziplin zu beantworten sind, die der Wiener Arzt Sigmund Freud vor noch nicht allzu langer Zeit begründet hat: die Psychoanalyse. Die versuchte fleischliche Geisteraustreibung mit dem Vater hat in der Tat nichts geklärt, und Anaïs fährt regelmäßig hinunter in den Pariser Süden, zur Cité Universitaire, wo sie den österreichischen Psychoanalytiker Otto Rank konsultiert – den langen Sitzungen schließt sich hin und wieder ein Spaziergang im nahen Park Montsouris an. Anaïs becirct den Arzt mit ihrem unschuldigen Augenaufschlag, und der Fünfzigjährige kann seiner Patientin nicht widerstehen. Er verstößt gegen alle Regeln seines Analytikerdaseins – und schläft mit der Patientin. Die Tochter hat wieder einmal ihren Vater gefunden. Als sie im April 1934 feststellt, dass sie schwanger ist, heißen die möglichen Väter Hugh, Henry und Otto, und das macht erst recht das ganze Ausmaß von Anaïs' Liebes-Chaos klar. Sie lässt eine Abtreibung vornehmen – eine dilettantisch durchgeführte, illegale Operation, die Wochen später zu einer Totgeburt führt. Dieses Erlebnis und die Analyse bleiben nicht ohne Folgen: Obwohl sie den Plan hat, mit Miller zusammenzuziehen, auch bereits ihre Sachen in Louveciennes gepackt hat, distanziert sie sich schließlich von ihm. Und die durch all die sexuellen Verwerfungen aufgeriebene Ehe von Henry und June wird 1934, im gleichen Jahr, geschieden.

Der *Wendekreis des Krebses* ist der erste bedeutende Erfolg des dreiundvierzigjährigen Henry Miller; Anaïs Nins gesamte Tagebücher umfassen rund 35.000 handgeschriebene Seiten. Wer schreibt, bleibt: Henry Miller und Anaïs Nin sind, vereint durch die Literatur, als Paar in die Geschichte eingegangen; June Miller indessen bleibt als das Geschöpf einer Dreiecksbeziehung in Erinnerung. Und doch: Auf der Kinoleinwand ist sie der heimliche Star. In *Henry und June* (1990), dem Biopic des amerikanischen Regisseurs Philip Kaufman, wird die Rolle der June von der Hollywood-Filmgröße Uma Thurman gespielt. Der Showdown des Films sorgte für erhitzte Debatten: June, wütend über Anaïs' Absicht, sich für immer aus der Ehe herauszuhalten, schleudert die Manuskripte von Henry und Anaïs in die Luft, und die Blätter wirbeln durcheinander, werden vom Wind zu einem einzigen großen Manuskript zusammengeweht. June ist, auch im richtigen Leben, der heimliche Antrieb in dem mit Eifersucht und Voyeurismus jonglierenden Dreiecksverhältnis, das – bei allen Libertinage-Bekundungen der zur freien Liebe entschlossenen Zeitgenossen – wohl das konkret erotischste und körperlichste – aber auch das neurotischste von allen ist.

Drei Amerikaner verlassen bei Kriegsbeginn 1939 Paris in Richtung Heimat, aber Paris hat ihre Leben verändert. Anaïs Nin pendelt fortan zwischen Ost- und Westküste, zwischen New York und Los Angeles, zwischen dem ein Leben lang getreuen Hugo und bald auch einem neuen, ihrem wesentlich jüngeren Liebhaber Rupert Pole hin und her. 1963 erscheinen ihre Tagebücher erstmals unter dem Titel *Incest* und erregen Aufsehen, Ärger und Skandal, begründen aber auch eine ganz neue Ära der weiblichen Bekenntnisliteratur. Ihr manisches Verhältnis zum Sex ist Anaïs Nin niemals losgeworden – wohl aber die Vorliebe für Vaterfiguren wie Henry Miller.

Die Dreigroschenopern des reichen B. B.

Brechts dauerhafte Lieben

Abb.: Helene Weigel, Bertolt Brecht, Elisabeth Hauptmann (v. l.)

In meine leeren Schaukelstühle vormittags
Setze ich mir mitunter ein paar Frauen
Und ich betrachte sie sorglos und sage ihnen:
In mir habt ihr einen, auf den könnt ihr nicht bauen.[1]

»Berechtigte Frage

Am Tage seiner Heirat mit der Schauspielerin Helene W. holte Herr B. die Schauspielerin Carola N. vom Bahnhof ab. Er hatte einen Blumenstrauß mitgebracht. Carola N. nahm den Strauß, warf ihn auf die Erde und sprach kein Wort mit Herrn B. Dieser trottete eine Zeitlang stumm hinter ihr her und fragte dann: ›Was hast du eigentlich?‹ Carola N. antwortete: ›Immerhin hast du heute geheiratet!‹ Herr B. erwiderte verwundert: ›Na und?‹«[2]

Ob diese Episode zwischen Bertolt Brecht und Carola Neher sich tatsächlich ereignet hat, sei dahingestellt; es handelt sich ja nur um eine von zahlreichen Anekdoten, die sich um Brechts Nonchalance ranken, und Dichtung und Wahrheit liegen in der Anekdote stets nah beieinander. Aber angesichts der Besetzung der weiblichen *dramatis personae* auf Brechts Lebensbühne mag man sich einen Reim auf diese kurze kolportierte Szene machen. Denn nie war es nur eine Frau, die das Leben Brechts begleiteten – egal, in welcher Phase, in Augsburg, Berlin oder auf einer der vielen Stationen seines Exils. Stets unterhielt er drei, vier oder auch fünf Beziehungen gleichzeitig. Die Aura des Künstlers, der Reiz des Verschlagenen, der Magnetismus, den Bertolt

Brecht auf Frauen ausübte, die sich gerade nicht nach einer konventionellen Ehe sehnten, auch wenn ihnen anfangs vielleicht gar nicht so klar war, auf was sie sich da einließen – jede kam damit zurecht. Kam zurecht mit Bertolt Brecht, der sich angeblich nur ungern wusch: » und sein Kragen war auch Sonntags nicht rein …«[3]

Im Jahre 1922 kommt die fünfundzwanzigjährige Elisabeth Hauptmann nach Berlin. Sie hat zwar eine Lehrerinnenausbildung hinter sich, aber nicht vor, in diesem Beruf auch zu arbeiten. In Berlin versucht sie sich mit mehreren Jobs als Schreibkraft durchzubringen, was mehr schlecht als recht auch gelingt. Durch eine Freundin, die in Künstlerkreisen verkehrt, lernt sie im November 1924 Bertolt Brecht kennen, »und sah da einen sehr dünnen Menschen, der hin und her ging, mit Lederjacke, sehr freundlich, und der erzählte dann ein paar Geschichten«.[4] Schnell kommt es zu einer Art Engagement: Brecht, der gerade sein Stück *Mann ist Mann* zum Abschluss bringen will, bringt seinen Verleger Gustav Kiepenheuer dazu, Hauptmann als seine persönliche Lektorin einzustellen und zu vergüten. Viele schreibgewandte Frauen in der Zeit der Weimarer Republik wussten den prosperierenden Zeitungs- und Zeitschriftenmarkt für sich zu nutzen; wie Vicki Baum oder Gabriele Tergit gelang ihnen der entscheidende Schritt vom Schreibtisch einer Redaktion in die freie Autorschaft. Für Elisabeth Hauptmann ebnet nun Brecht den Weg in den weitgehend männerdominierten Literaturbetrieb, in dem Frauen nicht leicht Fuß fassen können. »Ich brachte«, schreibt Elisabeth Hauptmann, »einiges ein in die Zusammenarbeit. Denn es war ganz wichtig: der Brecht brauchte jemanden, der bestimmte Sachen begriff. Oder, daß etwas, das er nicht so gut konnte, daß der andere das konnte.«[5] Nach *Mann ist Mann* geht es bald um das nächste Stück: Mit der *Dreigroschenoper,* deren Text, wie spitzfindige Philologen ausgemacht haben, zu achtzig Prozent dem Konto Elisabeth Hauptmanns zuzuschreiben ist, geht der Stern Bertolt Brecht am Theaterfirmament auf – mit Mackie Messer auf dem Weg zum Welterfolg.

Zu dem Zeitpunkt, da Elisabeth Hauptmann in Bertolt Brechts Leben tritt, ist er noch mit der Schauspielerin Marianne Zoff verheiratet, lebt aber bereits mit einer anderen Schauspielerin, mit Helene Weigel, zusammen, die er im Dezember 1922, nur einen Monat nach der Eheschließung mit Marianne Zoff, bei Theaterproben kennengelernt hat. Mit der einen hat er eine Tochter, Hanne, mit der anderen einen Sohn: 1924, als Brecht die Bekanntschaft Elisabeth Hauptmanns macht, ist Stefan gerade zur Welt gekommen und Brecht ist junger Vater.

Und jetzt schon wieder eine Frau: 1929, ein Jahr nach dem Erfolg mit der *Dreigroschenoper* und der Scheidung von Marianne Zoff, heiraten Brecht und Weigel. Aus dem Arbeitsverhältnis zwischen Brecht und der jungen Westfälin Elisabeth Hauptmann wird bald mehr, aber das totale Beziehungschaos bleibt aus.

Schon in jungen Jahren in der Heimatstadt Augsburg, war es bei Brecht ums Heiraten gegangen: »Ich kann nicht heiraten«, schreibt er ins Tagebuch. »Ich muß Ellbögen frei haben, spucken können, wie mirs beliebt, allein schlafen, skrupellos sein.«[6] Der drohende Besitzanspruch einer Frau ist Gift für ihn. Schon als Augsburger

Jüngling und Student der Medizin, der sich noch nicht prägnant ›Bertolt‹, sondern ›Berthold‹ schreibt, ist Brecht der charismatische und vielversprechende Autor. Er ist hin- und hergerissen zwischen Marianne Zoff und seiner großen Jugendliebe Paula Banholzer, genannt ›Bi‹. Paula hat einen Sohn mit Brecht und Marianne ist schwanger. Im November 1922 heiratet er zwar Marianne, aber als der junge Ehemann 1924 davon erfährt, dass die erste Liebe Paula drauf und dran ist, sich ihrerseits mit einem Augsburger Kaufmann zu verheiraten, schickt er Helene Weigel in einer Nacht-und-Nebel-Aktion nach Augsburg, um die in anderweitiger Ehe Entschwindende nach Berlin zu holen – als könne er keine Frau wieder hergeben, die jemals zu ihm gehört hat. Seine Intervention aber ist vergeblich. Paula entgleitet ihm.

Helene Weigel äußerte später die Überzeugung: »Brecht hat viele Frauen gehabt, aber geliebt hat er nur die Bi.«[7]

Helene Weigel ist gebürtige Wienerin. Sie ist eine Schülerin der fortschrittlich-aufgeklärten Schule von Dr. Eugenie Schwarzwald in der Wiener Berggasse, nur einen Steinwurf von Freuds psychoanalytischer Praxis entfernt. Zumindest ideell ist sie somit bestens gerüstet für eine Beziehung mit einem notorisch Polygamen wie Brecht. »Ihre Haltung dazu war mehr als Toleranz. Sie ist zu umschreiben nur als ganz souveräne Kraft und Risikobereitschaft.«[8] Helene Weigel ist eine ungewöhnliche, eine herbe Schönheit mit ihren kantigen Gesichtszügen und recht großen Ohren. Als sie Brecht im Spätsommer 1923 begegnet, beginnt die junge, ambitionierte Schauspielerin ihre Karriere.

1932 kommt aber schon die nächste Frau ins Spiel: sie heißt Margarete Steffin, eine junge glühende Kommunistin aus dem Arbeiterbezirk Berlin-Rummelsburg, und auch sie ist wiederum bereit dazu, all ihre Fähigkeiten in den Dienst des Dramatikers zu stellen.

Wie für viele Deutsche, Juden, Künstler und Kommunisten muss es nach Hitlers Machtantritt ganz schnell gehen – nur raus aus diesem Land! Am Tag nach dem Reichstagsbrand, am 28. Februar 1933, fahren die Brechts – Bertolt, Helene und der gemeinsame Sohn Stefan – nach Prag, von dort weiter, nach Wien. Während in Paris das neue Stück *Die 7 Todsünden der Kleinbürger* uraufgeführt wird, sondiert Brecht die realistischen Möglichkeiten der weiteren Emigration. Was ist machbar? Durch Vermittlung der Freundin Karin Michaelis führt der Weg – Margarete Steffin ist auch mit dabei – nach Dänemark. Dort wartet bereits die nächste Frau auf Bertolt Brecht: Die dänische Schauspielerin Ruth Berlau pilgert zu seinem Domizil, um ihn kennenzulernen.

Dänemark ist mitnichten die letzte Station des Exils, das weiterführt nach Schweden, Finnland, nach Moskau und schließlich in die USA. Es ist immer Helene Weigel, die den Alltag der langen Reise durchs Exil organisiert, durch verschiedene Kontinente, sie kümmert sich hingebungsvoll um die heranwachsenden Kinder Stefan und Barbara und auch um Brechts Tochter Hanne aus der Ehe mit Marianne Zoff. Sie sorgt dafür, dass das Haus stets ein gastfreundliches ist. Walter Benjamin, ins dänische Skovsbostrand gekommen, bezeugt: »Nebenan liegt das Haus von Brecht; da gibt es zwei Kinder, die ich gern habe; das Radio; das Abendbrot;

die freundlichste Aufnahme und nach dem Essen ein oder zwei ausgedehnte Schachpartien.«[9] Wo auch immer die Brechts sich gerade aufhalten, Helene Weigel duldet, akzeptiert, toleriert die Anwesenheit der Sekretärinnen, die – wie sie weiß – weit mehr sind als Brechts patente Schreibhilfen. Dabei ist sie weder eine ›unfromme Helene‹, noch eine ewige Dulderin, sondern eine Person, die sehr wohl wusste, ihre Wahl zu treffen. Spätestens der Wahl-Berliner, der *Dreigroschenoper*-Brecht, war in seiner Untreue treu und darin berechenbar. »Die Beziehung Brecht-Weigel«, so Sabine Kebir, »war wohl von Anfang an eine offene Beziehung. Lotte Lenja und Kurt Weill lebten sie übrigens auch. Die zum Freundes- und Mitarbeiterkreis um Brecht und Hauptmann gehörenden Bernhard Reich, Asja Lacis und Walter Benjamin lebten eine Zeitlang ein Dreierverhältnis.«[10]

Bereits als gut Zwanzigjähriger hatte Brecht denn auch in sein Tagebuch geschrieben: »In mir wächst ein Gefühlchen gegen die Zweiteilung (stark-schwach; groß-klein; glücklich-unglücklich; ideal-nicht-ideal). Es ist doch nur, weil die Leute nicht mehr als zwei Dinge denken können. Mehr geht nicht in ein Spatzengehirn. Aber das Gesündeste ist doch einfach: lavieren. [...] Um glücklich zu sein, gut zu operieren, faul sein zu können, hinter sich zu stehen, brauchts nur eines: Intensität.«[11] Dazu passt der bürgerliche Dualismus einer traditionellen Ehe freilich überhaupt nicht.

Wer nun glaubt, dass die ungewissen Jahre des Exils und die Gefährdungen durch den sich immer mehr als Flächenbrand ausbreitenden Krieg das Brecht'sche Beziehungsgefüge erschüttert, der liegt falsch. Der Kosmos Brecht stellt für alle an der Odyssee des Exils Beteiligten immer wieder einen sicheren Hafen dar. Brecht und die gemeinsame Arbeit an einer Sache – wenn auch nicht in exklusiver Zweisamkeit –, das ist immerhin eine verlässliche Größe, ein *point de référence.* Wenn auch zuweilen an verschiedenen Orten, so findet die Zusammenarbeit auch im Exil ihre Fortsetzung: Elisabeth Hauptmann kooperiert von Amerika aus, als Brecht und Weigel sich noch in Dänemark aufhalten. Die Prozesshaftigkeit von Brechts Arbeitsweise – oder: von der Verfertigung der Stücke beim Sprechen – überdauert die unsicheren Zeiten, denn sie verlangt nach Mitarbeit, Zuruf, interessierter Hingabe. Wer als Mitarbeiterin gefragt ist, verliert sich nicht im Fahrwasser der Geschichte, sondern bekommt an seiner Seite eine Stimme, bleibt per-sonare, buchstäblich Person. In einer von Brechts Keuner-Geschichten mit dem Titel *Liebe zu wem?* kann man lesen: »Liebe ist die Kunst, etwas zu produzieren mit den Fähigkeiten des andern. Dazu braucht man von dem andern Achtung und Zuneigung. Das kann man sich immer verschaffen. Der übermäßige Wunsch, geliebt zu werden, hat wenig mit echter Liebe zu tun. Selbstliebe hat immer etwas Selbstmörderisches.«[12]

Allein, eine der Freundinnen überlebt die Exilzeiten nicht, obwohl sie als ›Genossin‹ die Regeln der Liebes-Arbeits-Solidarität vielleicht am gründlichsten befolgte: Margarete Steffin, die schon lange unter Lungentuberkulose leidet, erliegt der Krankheit im Mai 1941 in Moskau. Als die Brechts in die USA aufbrechen, lassen sie, erschüttert, eine Tote zurück.

In Helene Weigels recht gelassener Koexistenz mit den Geschlechtsgenossinnen »zeigt sich eine für viele heute gar nicht mehr nachvollziehbare Haltung dieser Frauen. Freilich kann und konnte Eifersucht auch damals nicht ganz ausgeschaltet werden – wie Brecht es sich wahrscheinlich gewünscht hat. Aber die politische und künstlerische Solidarität der Frauen siegte über die Konkurrenz und konnte sich sogar zur Freundschaft entwickeln.«[13] Vor allem Elisabeth Hauptmann, die selbst mit eigener Prosa, mit Magazinbeiträgen und Hörspielen hervorgetreten ist, scheint immer gewusst zu haben, was sie Brecht verdankte: »Und der wirkliche, bewußte Versuch, dahinter zu kommen [wie man schreibt], glaube ich, setzte erst ein, nachdem ich Brecht kennengelernt hatte.«[14]

Wer mit Brecht zusammenarbeitet, hat die Gelegenheit, aus dem Schatten herauszutreten. Bei allem Respekt vor dem Talent einer Elisabeth Hauptmann oder Margarethe Steffin, aller Anerkennung der Vielseitigkeit einer Ruth Berlau – wer würde sich wohl noch an sie erinnern, profitierten sie nicht noch immer von der Teilhabe am Werk Brechts – und an seinem Mythos? Wie es im Inneren jeder einzelnen von ihnen ausgesehen haben mag, das steht auf einem anderen Blatt. Denn ›weil der Mensch ein Mensch ist‹, leidet er unter Gefühlen wie Einsamkeit oder Eifersucht, gleichwohl der fortschrittliche Verstand sich neuen Gesellschaftsformen und sozialen Experimenten verschrieben hat jenseits von Besitz-Partnerschaft und Ehegelübde. Man mag sogar so weit gehen zu behaupten, dass Brecht erst der Katalysator für die weibliche Tatkraft und Kreativität war, von der er wiederum profitierte. Der Anteil der Arbeit aller sei unbestritten; Fakt aber ist auch: Der Künstler zeichnet sich durch Vollendung aus, dadurch dass er ein Werk ›zur Welt bringt‹ und mit seinem Urhebernamen auch die Verantwortung dafür übernimmt – und gerade davor schrecken so viele zurück, die vom Werk nur träumen.

Geben und nehmen – Brecht legt Wert auf Frauen, mit denen ein geistiger Austausch möglich ist, die für ihn Erkenntnisinteresse, Authentizität und ›Durchblick‹ vermitteln, Eigenschaften, ohne die Langeweile aufzukommen droht. Das gilt zum einen für die inneren Werte: »Daß ich diese Frauen wie Hedda und Edith nicht erzählen hören kann! Es ist alles falsch und geschminkt und stillos, die Sätze sind wie Karfunkel und Abszesse, geschwollen und ungesund farbig. Und dann stimmt auch nichts, und ich mag Urteile nicht. Habe auch einen Widerwillen gegen Lebensbeichten, mag keine Geschichten, sitze wie auf Kohlen: es ist alles falsch! Bi dagegen höre ich gern: Ich weiß, wie sie ist, und sie tut nichts zu den Dingen hinzu.«[15] Das gilt zum anderen genauso für die äußere Erscheinung: Brecht verabscheut die »Geschlechtsweibchen«, die operettenhaft-kokett ausstaffiert sind. Dagegen liebt er die »Verzwirnten und Verwurzelten«, er will »hinunterlieben und Witze mit den Schenkeln machen können. Lieber eine hundshäuterne Jungfrau abstechen, als in so einem Allerweltslöchlein herumstochern!«[16] Intelligenz, so lernt man hier, ist erotisch und macht eine Frau erst begehrenswert.

1949 sind Brecht und ›seine‹ Frauen wieder zurück in Deutschland, in Ost-Berlin. Helene Weigel, die seit zehn Jahren als Schauspielerin kaum zum Zuge gekommen ist, feiert als *Mutter Courage* triumphale Erfolge. »Helli wird durch alle Straßen hindurch begrüßt, Frauen halten tatsächlich die Kinder hoch: die Mutter Courage!«[17] Ihr wird die Leitung des Berliner Ensembles übertragen, das bald im Theater am Schiffbauerdamm seine feste Bühne hat, von wo aus rund zwanzig Jahre zuvor der Ruhm Brechts in die Welt hinausgetragen wurde. Ruth Berlau und Elisabeth Hauptmann stehen ihm auch weiterhin als Mitarbeiterinnen zur Seite – denn ganz aus den Augen verloren hat Brecht keine der Frauen, die ihm wichtig waren, ein Leben lang.

Im Februar 1956 reisen Bertolt Brecht und Elisabeth Hauptmann gemeinsam nach Mailand, um der italienischen Premiere der *Dreigroschenoper* beizuwohnen. An Ruth Berlau schreibt der Dramatiker: »Glänzend in Anlage und Detail und sehr aggressiv – dauerte von halb zehn bis zwei Uhr nachts; [...] Das Stück wirkt sehr frisch.«[18] Genau ein halbes Jahr später, am 14. August 1956, stirbt Brecht.

Drei Jahre zuvor hatte Helene Weigel das heute als Brecht-Archiv und Gedenkstätte bekannte Haus in der Chausseestraße für sich und Brecht eingerichtet. Auf dem Dorotheenstädtischen Friedhof in Berlins Mitte, gleich neben ihrem letzten Domizil, haben sie ihr unangefochtenes Doppelbett gefunden, das Ehepaar Brecht-Weigel, in einer, wenn die Sonne sie bescheint, warm strahlenden Ecke an einer roten Backsteinmauer. Elisabeth Hauptmann und Ruth Berlau liegen nur ein paar Schritte von den beiden entfernt.

Anmerkungen und Quellenverzeichnis

Ein Fall für drei

1 Benoîte Groult im *Tagesspiegel,* 6. Mai 2007, S. S1.
2 Wedderkop, S. 172.
3 Georges-Anquetil, S. 238.

Georges-Anquetil: Ehen zu dritt. Das Recht auf die Geliebte. Berlin. Man Verlag. 1928.
Hörner, Unda (Hg.): Im Dreieck. Liebesbeziehungen von Nietzsche bis Duras. Frankfurt am Main. Suhrkamp. 1998.
Lovenberg, Felicitas von: Verliebe dich oft, verlobe dich selten, heirate nie? München. Droemer Verlag. 2005.
Wedderkop, Hermann von: Adieu Berlin. Berlin. S. Fischer. 1927.

Die allzu oft verkaufte Braut

1 Sanouillet, S. 24.
2 Crastre, S. 68–69.
3 Simone an Denise, 30.3.1922. (Manuskript/Orig.)
4 Josephson, S. 179.
5 Soupault, S. 182.
6 Béhar, S. 115–116.
7 Dreyfus, S. 24–25.
8 ebd., S. 74.
9 Dalí, S. 114.
10 ebd., S. 115.
11 ebd., S. 122.
12 Dreyfus, S. 94.
13 ebd., S. 132–133.
14 Dalí, S. 139.
15 ebd., S. 124.
16 Dreyfus, S. 120.
17 zit. n. Gateau, S. 182.

Béhar, Henri: André Breton. Le grand Indésirable. Paris. Calmann-Lévy. 1990.
Crastre, Victor: Le drame du surréalisme. Paris. Éditions du Temps. 1963.
Dalí, Salvadór: So wird man Dalí. München. Moewig. 1981.
Dreyfus, Pierre (Hg.): Paul Éluard. Liebesbriefe an Gala. München. dtv. 1990.
Gateau, Jean-Charles: Paul Éluard ou Le frère voyant. 1895–1952. Paris. Robert Laffont. 1988.
Hörner, Unda: Die realen Frauen der Surrealisten. Frankfurt am Main. Suhrkamp. 1998.
Josephson, Matthew: Life among the Surrealists. New York. Holt, Rinehart & Winston. 1962.
Sanouillet, Michel: Dada à Paris. Paris. Flammarion. 1996.
Soupault, Philippe: Mémoires de l'Oubli. 1914–1923. Paris. Lachenal & Ritter. 1981.

»Damen verlieben sich in Schwule ...«

1 zit. n. Garnett, S. 17.
2 Parsons/Spater, S. 60.
3 zit. n. Holroyd, Eine Liebe, S. 48.
4 ebd., S. 67.
5 ebd., S. 81.
6 zit. n. Garnett, S. 25.
7 zit. n. Holroyd, Eine Liebe, S. 146.
8 ebd., S. 148.
9 zit. n. Garnett, S. 99.
10 zit. n. Holroyd, Lytton Strachey, S. 172.
11 zit. n. Garnett, S. 149–150.
12 ebd., S. 177.
13 ebd., S. 183.
14 zit. n. Holroyd, Eine Liebe, S. 209.
15 ebd., S. 232.
16 ebd.
17 ebd., S. 237.
18 ebd., S. 294.
19 zit. n. Garnett, S. 488.

Brenan, Gerald: Best of Friends. An exchange of letters between Gerald Brenan and Ralph Partridge. London. Chatto & Windus. 1986.
Garnett, David (Hg.): Carrington, Dora. Letters and Extracts from her Diaries. Oxford. University Press. 1979.
Holroyd, Michael: Lytton Strachey. A Biography. Harmondsworth. Penguin. 1967.
ders.: Carrington. Eine Liebe von Lytton Strachey. Reinbek. Rowohlt. 1995.
Parsons, Ian und George Spater: Porträt einer ungewöhnlichen Ehe. Virginia & Leonard Woolf. Frankfurt am Main. Fischer. 1980.

Die Trigonometrie der Revolution

1 zit. n. Jangfeldt, S. 15.
2 ebd.
3 Brik, Vorwort von Wassili Katanjan, S. 9.
4 ebd.
5 ebd., S. 17.
6 Kollontai, S. 13.
7 Brik, S. 35.
8 ebd., S. 52–53.
9 Huppert, Erinnerungen, S. 51.
10 Brik, S. 81.
11 ebd., S. 83.
12 Huppert, Erinnerungen, S. 50.
13 ebd., S. 43.
14 Mierau, Erweckung, S. 173.
15 ebd.
16 Majakowskij, Werke, Bd. IV, 2, S. 305.
17 ebd., S. 367.
18 Huppert, Erinnerungen, S. 52.
19 Brik, Vorwort, S. 10.

Brik, Lilja: Schreib Verse für mich. Erinnerungen an Majakowski und Briefe. Herausgegeben und mit einem Vorwort versehen von Wassili Katanjan. München. dtv. 1993.

Hörner, Unda: Elsa Triolet – Louis Aragon. Berlin: Rowohlt. 1998.
Huppert, Hugo: Wladimir Majakowski. Reinbek: Rowohlt. 1966
ders.: Erinnerungen an Majakowski. Frankfurt am Main. Suhrkamp. 1991.
Majakowski, Wladimir: Wie macht man Verse? Berlin. Volk und Welt. 1949.
ders.: Werke in zehn Bänden. Herausgegeben von Leonhard Kossuth. Frankfurt am Main. Suhrkamp. 1971.
ders.: Love is the heart of everything. Correspondence between Vladimir Mayakovsky and Lili Brik 1915–1930. Edited by Bengt Jangfeldt. Edinburgh. Polygon. 1982.
Mierau, Fritz (Hg.): Die Erweckung des Wortes. Essays der russischen Formalen Schule. Leipzig. Reclam. 1987.
ders.: Russen in Berlin. 1918–1933. Weinheim und Berlin. Quadriga. 1988.
Sklovskij, Viktor: Dritte Fabrik. Frankfurt am Main. Suhrkamp. 1988.
Triolet, Elsa: Majakowskij. Berlin. Aufbau-Verlag. 1957.

Eine Spielzeit zu dritt

1 Mann, Klaus, Kind dieser Zeit, S. 165.
2 Mann, Klaus, Der Wendepunkt, S. 137.
3 ebd., S. 30.
4 Wedekind, Tilly, S. 149.
5 ebd.
6 ebd., S. 205.
7 Mann, Klaus, Wendepunkt, S. 135.
8 ebd., S. 136.
9 Mann, Klaus, Kind dieser Zeit, S. 165–166.
10 ebd., S. 169.
11 Wedekind, Tilly, S. 226.
12 Mann, Klaus, Wendepunkt, S. 139.
13 ebd.
14 Mann, Klaus, Kind dieser Zeit, S. 192.
15 Mann, Klaus, Wendepunkt, S. 139.

16 ebd., S. 163.
17 Wedekind, Tilly, S. 227.
18 Mann, Klaus, Briefe, S. 36.
19 ebd., S. 35.
20 Mann, Klaus, Wendepunkt, S. 178–179.
21 Mann, Klaus, Briefe, S. 56.
22 ebd., S. 158.
23 ebd., S. 95.
24 ebd., S. 118.
25 Mann, Erika, Briefe, Bd. 1, S. 260.
26 ebd.

Krell, Max: Das alles gab es einmal. Frankfurt am Main. Scheffler. 1961.

Lühe, Irmela v. d.: Erika Mann. Eine Biographie. Frankfurt am Main. Campus. 1993.

Mann, Erika: Briefe und Antworten (2 Bände. 1922–1950, 1951–1969). München. dtv. 1988.

Mann, Golo: Erinnerungen und Gedanken. Eine Jugend in Deutschland. Frankfurt am Main. Fischer. 1986.

Mann, Klaus: Kind dieser Zeit. Reinbek. Rowohlt. 1991.

ders.: Der Wendepunkt. Ein Lebensbericht. Reinbek. Rowohlt 1987.

ders.: Briefe und Antworten 1922–1949. München. Edition Spangenberg. 1987.

ders.: Der fromme Tanz. Reinbek. Rowohlt. 1986.

ders.: Die neuen Eltern. Aufsätze, Reden, Kritiken 1924–1933. Hrsg. von Uwe Naumann u. Michael Töteberg. Reinbek. Rowohlt. 1922. Darin u. a.: ›Die freie Schulgemeinde‹, S. 16–18; ›Als ich heiraten wollte‹, S. 126–128; ›Jubiläum der Odenwald-Schule‹, S.301–304; ›Nicht gehaltene Rede beim Hochzeitsessen einer Freundin, S. 349–351.

ders.: Der siebente Engel. Die Theaterstücke. Hrsg. von Uwe Naumann u. Michael Töteberg. Reinbek. Rowohlt. 1989. Dain: ›Anja und Esther‹, S. 7–72; ›Revue zu vieren‹, S. 73–134.

Naumann, Uwe: Klaus Mann. Reinbek. Rowohlt. 1984.

Neumann, Harald: Klaus Mann. Eine Psychobiographie. Stuttgart. Kohlhammer. 1995.
Wedekind, Kadidja: ›Wedekind und seine Kinder.‹ In: Der Querschnitt, 11, S. 526–530, 1931.
Wedekind, Pamela: Mein Vater Frank Wedekind. In: Frank Wedekind. Der Kammersänger. Stuttgart. Universal-Bibliothek. 1967.
Wedekind, Tilly: Lulu – die Rolle meines Lebens. München. Scherz. 1969.

»Mann, hast schon gelernt, bis drei zu zählen?«

1 Hausmann, Hyle, 1969, S. 90.
2 Hausmann, Hyle, in: Züchner, Kurt Schwitters, S. 19. Erstveröffentlichung.
3 Züchner, Kurt Schwitters, S. 35.
4 Broïdo, S. 168.
5 Hausmann, zit. n. Bergius, S. 125.
6 Höch, zit. n. Bergius, S. 125.
7 Broïdo, in: Berlinische Galerie, S. 110.
8 Hausmann, in: Züchner, Scharfrichter, S. 127.
9 Broïdo, S. 168.
10 ebd., S. 169.
11 Hausmann, Hyle, in: Züchner, Kurt Schwitters, S. 39.
12 Züchner, Scharfrichter, S. 398. Brief von Elfriede Schaeffer an Raoul Hausmann, Hedwig Hausmann und Vera Broïdo, Berlin, Sommer 1931.
13 Hausmann, Brief an Elfriede Schaeffer, Schlawe (Pommern), 30.8.1932, in: Züchner, Scharfrichter, 1998, S. 435.
14 Broïdo in einem Interview, in: Berlinische Galerie, S. 106.
15 Broïdo, S. 184.
16 ebd., S. 185.
17 Hausmann, Hyle, 1969, S. 139.

Bergius, Hanne: Das Lachen Dadas. Gießen. Anabas. 1993.
Berlinische Galerie (Hg.): Der deutsche Spießer ärgert sich. Raoul Hausmann 1886–1971. Stuttgart. Hatje. 1994.
Broïdo, Vera: Tochter der Revolution. Erinnerungen. Ham-

burg. Edition Nautilus. 2004.
Hausmann, Raoul: Hyle. Ein Traumsein in Spanien. München. Belleville. 2006. (Zuerst: Frankfurt am Main. Heinrich Heine Verlag. 1969.)
Höch, Hannah: Eine Lebenscollage (1889–1920). Bearbeitet von Cornelia Thater-Schulz. Berlin. Argon. 1989.
Jung, Franz: Sprung aus der Welt. Expressionistische Prosa. Werkausgabe, Band 8. Hamburg. Edition Nautilus. 1996.
Riha, Karl (Hg.): 113 Dada Gedichte. Berlin. Wagenbach. 1982.
Züchner, Eva (Hg.): Scharfrichter der bürgerlichen Seele. Raoul Hausmann in Berlin 1900–1933. Unveröffentlichte Briefe, Texte, Dokumente aus den Künstler-Archiven der Berlinischen Galerie. Ostfildern-Ruit. Hatje Cantz. 1998.
Züchner, Eva: Kurt Schwitters und Raoul Hausmann schreiben im Kino eine Oper. Berlin. Berlinische Galerie. 2001.

Liebesdelta, uferlos

1 Nin, S. 130.
2 Miller, Wendekreis des Krebses, S. 34.
3 Brassaï, S. 45.
4 ebd., S. 44.
5 Miller, Land der Erinnerung, S. 8
6 Brassaï, S. 74–75.
7 ebd., S. 48.
8 Nin, S. 40.
9 ebd., S. 30.
10 Brassaï, S. 83.
11 Nin, S. 28.
12 Foster u. a., S. 213.
13 Nin, S. 28.
14 ebd.
15 Miller, Land der Erinnerung, S. 82.
16 ebd, S. 85.
17 Nin, S. 209.

Bair, Deirdre: Anaïs Nin. Eine Biographie. München. Goldmann. 1998.

Barillé, Elisabeth: Maskierte Venus. Das Leben der Anaïs Nin. München. Knaus. 1992.
Brassaï: Henry Miller in Paris. Fischer. Frankfurt am Main. 1979.
Ferguson, Robert: Henry Miller. Ein Leben ohne Tabus. München. Kindler. 1991
Fitch, Noël Riley: Anaïs. Das erotische Leben der Anaïs Nin. Wien u.a. Europa-Verlag. 1995.
Foster, Barbara, u.a.: Three in Love. Ménages à trois from ancient to modern times. San Francisco. Harper Collins. 1997.
Miller, Henry: Land der Erinnerung. Reinbek. Rowohlt. 1967.
ders.: Stille Tage in Clichy. Reinbek. Rowohlt. 1968.
ders.: Wendekreis des Krebses. Reinbek. Rowohlt. 1962.
Nin, Anaïs: Incest. London. Penguin. 1966.
Salber, Linde: Anaïs Nin. Mit Selbstzeugnissen und Bilddokumenten. Reinbek. Rowohlt. 1992.
Schmiele, Walter: Henry Miller in Selbstzeugnissen und Bilddokumenten. Reinbek. Rowohlt. 1961.

Die Dreigroschenopern des reichen B.B.

1 Brecht, Vom armen B.B. In: Gedichte, S.261.
2 Müller/Semmer, S.13.
3 So eine Zeile aus dem ›Song vom Nein und Ja‹, dem berühmten ›Barbara-Song‹ aus der *Dreigroschenoper.*
4 Hauptmann, in: Gödden, S.17.
5 ebd., S.18.
6 Brecht, Tagebücher, 25.2.1921, S.78.
7 Weigel, zit. im Nachwort von Banholzer, S.97–98.
8 Kebir, Abstieg in den Ruhm, S.68.
9 Benjamin, in: Brecht-Chronik, S.72.
10 Kebir, Ich fragte nicht, S.73.
11 Brecht, Tagebücher, S.47–48.
12 Brecht, Geschichten vom Herrn Keuner, S.87.
13 Kebir, Ich fragte nicht, S.159.
14 Hauptmann, in: Gödden, S.9.
15 Brecht, Tagebücher, S.17–18.

16 ebd., S. 57–58.
17 Brecht, zit. n. Völker, S. 137.
18 Brecht, in: Brecht-Chronik, S. 155.

Banholzer, Paula mit Axel Poldner und Willibald Eser (Hg.): Paula Banholzer, meine Zeit mit Bert Brecht. Erinnerungen und Gespräche. München. Goldmann. 1984.
Brecht, Bertolt: Die Gedichte von Bertolt Brecht in einem Band. Frankfurt am Main. Suhrkamp. 1981.
ders.: Liebste Bi. Briefe an Paula Banholzer. Frankfurt am Main. Suhrkamp. 1992.
ders.: Geschichten vom Herrn Keuner. Frankfurt am Main. Suhrkamp. 1977.
ders.: Die Dreigroschenoper. Frankfurt am Main. Suhrkamp. 1970.
ders.: Tagebücher 1920–1922. Autobiographische Aufzeichnungen 1920–1954. Frankfurt am Main. Suhrkamp. 1978.
Brecht-Chronik. Daten zu Leben und Werk zusammengestellt von Klaus Völker. München. Hanser. 1971.
Fuegi, John: Brecht & Co. Biographie. Hamburg. Europäische Verlagsanstalt. 1997.
Gödden, Walter (Hg. zus. m. Inge Krupp): Elisabeth Hauptmann Lesebuch. Köln. Nylands kleine westfälische Bibliothek. 2004.
Häntzschel, Hiltrud: Brechts Frauen. Berlin. Rowohlt. 2002.
Hecht, Werner: Helene Weigel. Eine große Frau des 20. Jahrhunderts. Frankfurt am Main. Suhrkamp. 2000.
Hiob, Hanne (Hg.): Bertolt Brecht. Briefe an Marianne Zoff und Hanne Hiob. Frankfurt am Main. Suhrkamp. 1990.
Kebir, Sabine: Ich fragte nicht nach meinem Anteil. Elisabeth Hauptmanns Arbeit mit Bertolt Brecht. Berlin. Aufbau-Verlag. 1997.
dies.: Ein akzeptabler Mann? Brecht und die Frauen. Berlin. Aufbau-Verlag. 1998.
dies.: Abstieg in den Ruhm. Helene Weigel. Eine Biographie. Berlin. Aufbau-Verlag. 2000.
dies.: Mein Herz liegt neben der Schreibmaschine. Ruth Berlaus Leben vor, mit und nach Bertolt Brecht. Algier.

Editions Lalla Moulati. 2006.
Kesting, Marianne: Bertolt Brecht. Reinbek. Rowohlt. 1959.
Müller, André und Gerd Semmer: Geschichten vom Herrn B. Gesammelte Brecht-Anekdoten. Leipzig. Reclam. 1980.
Steffin, Margarete: Briefe an berühmte Männer. Walter Benjamin. Bertolt Brecht. Arnold Zweig. Hrsg. u. mit einem Vorwort versehen von Stefan Hauck. Hamburg. Europäische Verlagsanstalt. 1999.
Stern, Carola: Männer lieben anders. Helene Weigel und Bertolt Brecht. Berlin. Rowohlt Berlin. 2000.